KB114893

# 한국 호랑이

진호철 장편 소설

FUSION FANTASTIC STORY

# 한국호랑이 2

## 진호철 장편 소설

초판 1쇄 찍은 날 § 2014년 4월 8일
초판 1쇄 펴낸 날 § 2014년 4월 15일

지은이 § 진호철
펴낸이 § 서경석

편집부장 § 권태완
편집책임 § 박은정

펴낸곳 § 도서출판 청어람
등록번호 § 제387-1999-000006호
등록일자 § 1999. 5. 31
어람번호 § 제1-1826호

주소 § 경기도 부천시 원미구 부일로 483번길 40 서경B/D 3F (우) 420-822
전화 § 032-656-4452  팩스 § 032-656-4453
http://www.chungeoram.com
E-mail § chungeorambook@daum.net

ⓒ 진호철, 2014

ISBN 979-11-5681-966-0 04810
ISBN 979-11-5681-964-6 (세트)

※ 파본은 구입하신 서점에서 교환하여 드립니다.
※ 저자와 협의하여 인지를 붙이지 않습니다.
※ 이 책은 도서출판 청어람과 저작자의 계약에 의해 출판된 것이므로,
  무단 전재 및 유포·공유를 금합니다.

한국 호랑이

진호철 장편 소설

FUSION FANTASTIC STORY

2

# CONTENTS

# 1장

해피이벤트

유천은 이주봉에게 단도직입적으로 말했다.

"너 나랑 같이 언젠가 세상 한번 뒤집어보자."

"형님, 도대체 무슨 일입니까?"

"근데 지금은 돈이 모자라."

유천이 솔직히 말하자 오히려 이주봉의 시선도 달라졌다.

"생기면 엎는다는 겁니까?"

"그래. 비록 배운 것 적고 인맥도 없지만 우리에겐 멋진 하나가 있잖아."

"그게 뭔데요?"

"젊음. 그리고 좌절하지 않을 패기."

유천의 한마디 한마디에 힘이 실렸다. 입에서 나오는 대로 떠드는 말이 아니었다.

유천은 꼭 이루겠단 강한 집념을 언어에 담았을 뿐이다. 그 기운에 눌린 이주봉이 한마디 했다.

"가봅시다."

"먼저 치킨집 일 좀 도와주고 있어. 나중에 차차 더 큰 사업으로 갈 생각이야."

"치킨집이요?"

이주봉 얼굴이 한껏 부풀었다가 공기 빠진 풍선으로 변했다.

유천은 대번에 실망으로 물든 이주봉의 얼굴을 보고 말했다.

"높이 뛰기 위해 잠시 움츠린다고 생각해."

"거기서 무슨 일을 합니까?"

이주봉의 질문에 유천이 엉뚱한 대답을 했다.

"일단 월급은 삼백 주지. 가게 전반적인 걸 관리해 주면 돼."

"사, 삼백이요?"

"왜, 약해?"

유천이 묻자 이주봉이 놀라 고개를 저었다.

"무슨 치킨집 월급이 그리 셉니까?"

"직원도 먹고는 살아야지. 거긴 알바생도 다른 데보다 많이 줘."

"어떤 일을 하란 겁니까?"

이주봉이 호기심을 보이자 유천이 간단히 설명했다.

"그냥 종업원 관리하고 손님 대하면서 잘 지내면 돼."

"형님, 너무 무리하시는 거 아닙니까? 저 그렇게 고급 인력 아닙니다."

"내겐 쓸 만한 인재지."

"동정은 싫습니다."

이주봉이 단박에 거절할 기미를 보이자 유천이 미끼를 던졌다.

"주봉아."

"네."

"내가 바보로 보이나?"

"무슨 말씀이세요?"

이주봉이 묻자 유천이 즉각 답했다.

"돈이 남아돌아서 주는 거 아냐."

"그럼요?"

"사람을 산 거지. 나중에 말이야, 정말 잘한 일이 있다면 오늘일 거야."

"……"

이주봉이 말문을 잊었다. 그도 유천이 무슨 말을 하는지 알았다.

"형님은 제게 엄청난 짐을 주시는군요."

"야망으로 바꿔. 아까 말했듯이 내 꿈은 크다. 세상 모두를 씹어삼켜도 모자르지. 그러나 지금은 웅크린다. 왜? 아직 뛸 때가 아니잖아?"

"믿어도 됩니까, 치킨집이 끝이 아니란걸?"

이주봉이 다짐 받듯이 묻자 유천이 단호하게 말했다.

"넌 내가 고작 치킨집에 운명을 걸 놈으로 보이냐?"

"그건 아닙니다."

"그럼 따라와."

유천이 먼저 일어서자 이주봉이 잠시 망설이다가 벌떡 일어섰다.

"믿어보겠습니다."

"언젠가 오늘의 선택을 자랑스러워할 날이 올 거야."

"말만이라도 행복하네요."

이주봉이 대답하자 유천이 어깨를 툭 쳤다.

유천은 그길로 곧장 이주봉과 함께 김진수를 찾아갔다.

"진수야, 오늘부터 가게 관리 전반을 맡을 이주봉이라고 해. 서로 인사해."

"가게 관리?"

뚱딴지같은 소리에 김진수가 당황해하자 유천이 싱긋 웃었다.

"미리 얘기 못해서 미안해. 워낙 일이 급박하게 돌아가서 말이야."

"어, 뭐, 그, 그런데 군 후배야?"

사회에서 굴러먹던 김진수의 눈치도 보통이 아니었다.

유천이 싱글거리며 간단하게 이주봉에 대해 설명했다.

"맞아. 이 친구 쓸 만한 놈이거든."

"네가 주인인데, 뭐."

"잘 부탁한다."

유천이 말하자 이주봉이 얼른 김진수 앞에 나서며 90도로
깍듯이 고개를 숙였다.

"이주봉이라 합니다. 앞으로 형님으로 모시겠습니다. 잘
부탁드리겠습니다."

"어, 그래."

싹싹한 이주봉의 모습에 김진수의 표정이 환하게 밝아졌
다. 단단한 덩치를 보자 졸아들었던 마음이 좀 편해진 모양이
다.

유천은 싱긋 웃으며 김진수에게 농담을 던졌다.

"왜, 형님이라고 하니까 편하냐?"

"자식."

김진수가 자기 속마음을 들킨 듯 얼른 말을 돌렸다.

유천은 이야기가 순조롭게 끝나자 목소리부터 밝아졌다.

"잘 부탁하고. 주봉아, 잘 지내고 있으면 더 좋은 일이 생
길 거야."

유천의 말에 김진수가 깜짝 놀랐다.

"여기서 계속 근무하는 거 아니고?"

"굉장한 인재거든. 여기서 쓰기는 아까워."

"야, 우리 치킨집이 어때서? 우리 집 장사 잘된단 말이야."

"잘되는 거 알아. 하지만 더 쓸 데가 있다는 이야기지."

유천이 못을 박자 김진수도 더 이상 말하지 않았다.

첫 대면을 마치고 밖으로 나오자 이주봉이 얼른 따라 나왔다.

"형님, 오늘 정신없네요. 움츠린다니 저도 따라야지요. 열심히 하겠습니다."

"그럼 놀래?"

"아니, 너무 벅차서……."

"인마, 그때 통장 준 거 너무 고마웠다."

유천이 속마음을 이야기하자 이주봉이 뻘쭘한 표정으로 머리를 긁었다.

"형님도 참. 형님이라도 줬을 겁니다."

"그건 모르지. 좌우간 열심히 하고 있어."

"어디 가십니까?"

"난 여기서 쓸모없는 존재거든. 그럼 수고해라."

툭툭.

주봉의 어깨를 치며 유천이 밖으로 나섰다. 뒤에서 이주봉이 고개를 숙이며 말했다.

"형님, 아까 하신 말 공수표면 가만 안 둡니다."

"공수표라, 그건 내가 죽은 후일거야."

그 말을 끝으로 유천이 환하게 웃으며 걸음을 옮겼다.


다시 일상으로 돌아온 유천은 토익 공부와 프랑스어 공부에 열중했다. 그러나 평온한 시간은 그리 길지 않았다.

김진수가 불쑥 유천을 찾아왔다.

"유천아, 좀 상의할 일이 있는데."

"편하게 얘기해 봐."

굳은 김진수의 표정을 보고 유천이 최대한 편하게 말을 받았다.

김진수는 그 모습에 조금 안도가 된 듯했으나 그래도 말을 꺼내기는 그리 쉬워 보이지 않았다.

"실은 동창들이 우리 개업했다고 가게로 온다는데."

"오라 그러면 되지."

유천은 별일 아닌 일에 머뭇거리는 김진수를 보고 어이없어했다.

그러나 김진수의 속마음은 다른 곳에 있었다.

"그런데 그 가게, 내가 하는 걸로 했거든. 너는 그냥 도와주는 걸로 하고."

"그랬어? 왜?"

"너도 알다시피 내가 사업하다가 쫄딱 망해가지고 애들이

나를 무시하는 것 같아서 말이야. 지금이라도 돌릴까?"

김진수의 말에 유천이 피식 웃었다.

"그냥 그렇게 해."

"정말 그래도 되겠어?"

"상관없잖아. 동창들이 나 먹여 살려 줄 것도 아니고."

"네 입장이 난처해질 수도 있을 텐데."

"괜찮아. 신경 쓰지 말고 그렇게 해."

"고맙다, 유천아."

김진수가 유천의 손을 덥석 잡았다. 유천이 얼른 마주 잡으며 강하게 말했다.

"그런데 진수야."

"왜?"

"그렇게 말로만 하지 말고 제대로 한번 성공해 보자고."

"그래야지."

아까와는 달리 얼굴에 힘이 바짝 들어간 모습이다. 유천은 그런 진수를 보고 피식 웃고 말았다.

"그런데 언제들 오냐?"

"오늘 저녁에 온다고 했어."

"일찍도 얘기하네. 얼른 가게 가서 준비해라. 나도 조금 있다가 갈게."

"그래, 이따 보자."

김진수가 활기찬 표정으로 돌아갔다.

혼자 남은 유천은 의자에 깊숙이 몸을 기대앉으며 중얼거렸다.

"내가 진수라도 그랬겠다."

김진수의 마음을 능히 이해하고도 남았다.

사업에 실패한 후 얼마나 친구들에게 무시당했는지는 잘 알고 있었다.

"괜찮겠지."

유천이 고개를 끄덕였다.

저녁 일곱 시가 넘자 유천은 자리에서 일어나 천천히 가게 쪽으로 걸음을 옮겼다.

가게 안에 들어서자 낯익은 얼굴이 몇몇 보였다.

"어이, 정유천! 오랜만이다!"

친구들이 유천을 반겼다. 유천은 환하게 웃으며 농담을 던졌다.

"자식들. 많이 늙었네. 이제 청춘 사업도 어렵겠어."

"말투하곤. 너 군대 그만둔 거야?"

"어. 일이 좀 있어서."

"그래서 진수 일 좀 도와주고 있다며?"

순간 김진수의 얼굴이 얼어붙는 것을 봤다. 유천은 태연하게 말했다.

"어, 진수 이 자식이 사업한다고 해서 조금 도와주고 있어."

"그래, 잘 생각했어. 군대 제대하고 나면 일단 사회물정에 어둡잖아. 천천히 경험 쌓고 해도 늦지 않아. 자, 한잔 받아라. 그때 고등학교 때 말이야."

역시 동창들 사이의 이야기는 뻔했다.

어릴 때, 그리고 고등학교 때의 이야기를 하다 보니 시간이 꽤 흘렀다.

다들 술이 어느 정도 취해가는 것을 본 유천이 슬쩍 자리에서 일어섰다.

"어디 가냐?"

"잠깐 바람 좀 쐬러."

유천은 친구들과 다르게 하나도 취하지 않았다.

"못해먹겠네."

자신은 멀쩡한데 취한 친구들을 보는 것도 그다지 즐거운 일은 아니었다.

밖으로 나가던 유천은 한 젊은 남자가 자신에게 다가오는 것을 봤다. 다가선 남자가 한껏 들뜬 목소리로 유천에게 소리쳤다.

"얌마, 유천아! 나 성진이야! 박성진!"

"박성진?"

그제야 유심히 바라본 유천이 기억난 듯이 목소리를 높였다.

"오! 성진아, 오랜만이다!"

박성진.

검은 뿔테안경을 쓴 야리야리한 스타일은 여전했다. 첫눈에도 지식인 티가 물씬 풍겼다.

그는 유천의 고등학교 동기동창이었다. 학창 시절 전교 1등을 놓치지 않은 수재이기도 했다.

소문에 의하면 잘나가는 외국계 회사에 다닌다고 들었다.

박성진은 의아한 듯 유천에게 물었다.

"자식, 군대 나와서 외국에 갔다던데, 언제부터 여기서 일했냐?"

"어떻게 알고 찾아왔어?"

유천이 묻자 박성진이 가슴을 탕탕 쳤다.

"내가 알려고 맘먹으면 금방 알지. 개업했다는 소문 듣고 회사 사람들 다 데려왔어."

"고맙다."

"고맙기는, 학교 다닐 때 네 신세 좀 졌잖아."

박성진이 어색하게 웃음 지었다.

그때서야 유천은 옛날 기억 하나가 떠올랐다. 박성진이 고등학교 시절 사소한 시비로 고통 받는 것을 보고 나선 일이 있었다.

자신에겐 그저 스쳐 지나간 기억이었지만 박성진은 아니었던 모양이다.

"별것도 아닌데."

"내겐 컸어. 내가 주위에 소문 쫙 내줄게."

"그래, 가능하면 소문 많이 내라."

유천이 털털하게 말하자 박성진이 묘한 눈빛으로 변했다.

"자식, 여전하네. 종종 오마."

"그래, 고맙다."

유천이 슬쩍 박성진을 껴안았다.

나쁘지 않은 일이다.

동창이 발 벗고 나서서 돈을 벌게 해준다는데 싫어할 이유가 없었다.

그때 박성진이 묘한 말을 꺼냈다.

"유천아."

"왜?"

"살다 보니 변하더라."

"무슨 소리야?"

유천이 고개를 갸웃거리자 박성진 입에서 이야기가 술술 나왔다.

"나 고등학교때 힘들었잖아? 그땐 힘과 패거리가 최고였지. 그런데 사회에 나오니 달라지더라."

"뭐가?"

"머리와 능력이 최고지. 그때 날 괴롭혔던 놈들 기억해?"

"응."

"그놈들 뭐하는 지 알아?"

"몰라."

유천이 시큰둥하게 대답하자 박성진의 목소리가 바뀌었다.

"싸가지 없었던 진철이 있잖아, 그놈이 우리 회사 택배 배달 왔더라. 푸하하."

"……"

유천이 말없이 바라보자 박성진이 신이 난 듯 말을 이었다.

"웃기지? 그날 술 마시는데 왜 그리 단지."

"그만두자."

"그럴까. 그나저나 너 어디 사냐?"

"저기."

유천이 아무 생각 없이 원룸 건물을 가리켰다. 박성진이 슬쩍 보곤 한마디 했다.

"너도 그렇구나. 한번 가보자."

"편한대로."

유천이 걸으면서 조금 이상함을 느꼈다.

'자식이 왜 이리 꼬였어?'

그러나 그리 큰 관심을 두진 않았다.


약속대로 다음 날부터 박성진의 입김이 시작됐다.

주위에서 잘나간다는 직장인들이 드문드문 가게로 찾아오기 시작한 것이다.

고급 정장 차림을 한 손님 20명 정도가 우르르 들어오는 모습이 보인다.

명품인 것이 분명한 양복.

거기다가 넥타이는 물론 구두, 시계까지 명품이다.

한마디로 머리에서 발끝까지 명품으로 도배한, 첫눈에 봐도 잘나가는 사람들이다.

"골빈 새끼들. 명품 걸치면 품위가 절로 생겨나나."

유천이 슬쩍 인상을 구겼으나 대수롭지 않게 넘어갔다.

막말로 그들이 돈지랄하든 말든 자신과는 상관없는 일이었다.


며칠 후.

아직 이른 저녁 시간에 박성진이 불쑥 유천의 원룸에 찾아왔다.

"술이나 한잔하자."

평소와 달리 목소리에 힘이 잔뜩 들어갔다. 그냥 모른 척 넘어가려다 유천이 궁금증을 참지 못하고 물었다.

"무슨 일 있어?"

"너도 한잔해라."

"초저녁부터 무슨 술을 해?"

퉁명스럽게 말을 받은 유천을 보곤 박성진이 히죽거리며 한마디 했다.

"너 보니까 위안이 된다."

"그건 또 무슨 소리야?"

"오늘 내가 해피이벤트라는 데 가입을 했어."

"해피이벤트? 거긴 뭐하는 데야?"

유천이 고개를 갸웃거리며 묻자 박성진이 자신만만하게 대답했다.

"요즘 떠오르는 소개팅 전문 회사지, 뭐. 쉽게 말하면 결혼 이벤트 회사라고 할까? 다만 회원들이 빵빵하단 거지."

"빵빵?"

"그래. 가입조건이 무지 까다로워."

"너 스스로 여자 구할 능력도 없냐?"

유천이 퉁명스럽게 면박을 주자 박성진이 고개를 저었다.

"그냥 호기심에 가입했는데 기분 아주 더럽다."

"왜 더러운데?"

"그놈의 회사에서 말이야, 남자 등급을 나누는데 내가 10등급 중에 4등급이란다."

"4등급?"

"최고는 1등급, 나는 4등급이지. 나름 잘나가는 외국계 대기업 사원이 그거래."

"그런 데는 뭐하러 갔어?"

조금 기분이 상한 유천이 한 방 먹이자 박성진이 고개를 바짝 들었다.

"그냥. 좌우간 요새 한국도 신분 사회야. 엄연히 귀족이 존재한다고."

"돈에 미친 귀족이겠지."

유천이 한마디 하자 박성진이 음울하게 바라봤다.

"거긴 말이야, 학벌, 직업 이런 걸 다 따지는데 너는 안 되잖아. 너 학벌 있냐?"

"없지."

"재산 많아?"

"글쎄."

유천이 덤덤하게 대답하자 박성진이 피식 웃었다.

"그러니까 너는 등급이 없어. 등외야, 등외."

박성진이 또 한 잔을 벌컥 들이켜자 유천이 묘한 눈으로 바라봤다.

박성진 말투에서 자신에 대한 묘한 경쟁심 같은 것이 느껴진 탓이다. 오늘 온 이유는 하나로 보였다.

자랑질.

단지 그뿐인 느낌이었다.

'저 녀석이.'

유천은 짐짓 모른척하며 태연하게 물었다.

"위안이 되냐?"

"너나 나나 거기서 거기지. 위안은 무슨."

"그래, 술 퍼먹어라."

유천은 말리는 걸 포기했다.

혼자 부어라 마셔라 하다가 곤드레만드레 취한 박성진이 유천을 잡아끌었다.

"나가서 한잔하자."

"많이 마셨어."

"오늘은 내가 쏠게."

"됐어."

가까스로 박성진을 설득해 집으로 돌려보내고 방으로 돌아온 유천은 자신도 모르게 컴퓨터를 켰다.

욱하는 마음이 전혀 없다곤 할 수 없었다.

"해피이벤트?"

바로 해피이벤트 사이트에 들어간 유천은 시키는 대로 회원 가입 신청을 했다.

그런데,

"뭐하자는 거야?"

유천의 눈썹이 하늘로 올라갔다.


죄송합니다. 고객님께서는 우리 해피이벤트와 인연이 없는 듯합니다. 다시 한 번 죄송하단 말씀 전합니다.


정중한 말투였지만 결론은 하나였다.


―꺼져!

순간 오기가 치받친 유천이 막 마우스를 던지려다 한쪽을
바라봤다.

특별 회원 조건.

그쪽을 살펴보던 유천이 씩 웃었다.


**외국 영주권자는** 여길 클릭하세요.


분명히 자신은 프랑스 영주권자이기도 했다. 외인부대 경
력이 준 작은 선물이다.

유천이 서둘러 그쪽을 클릭하자 주르륵 나오는 설문 사항
이 보인다.

"오케이."

유천이 회심의 미소를 지으며 모니터를 흐뭇하게 바라봤
다.

잠시 후 시키는 대로 하나둘씩 입력하던 유천이 주춤했다.

"직업?"

하는 일을 쓰라는 대목에서 잠시 망설였다.

여러 가지 직업란 어디에도 적절히 넣을 대목이 없었다.

빙그레 웃으며 곰곰이 생각하던 유천이 결국 하나를 클릭
했다.

사업가.

마지막으로 사진을 올리는 작업까지 점점 흥에 겨워 꼼꼼
히 마치고 난 유천은 컴퓨터를 껐다.

"지랄 같은 데군."

유천은 그것으로 깨끗이 해피이벤트에 대한 모든 기억을
지웠다.

그러나 일은 그리 쉽게 마무리되지 않았다.

며칠 후 갑자기 박성진이 찾아왔다.

"유천아."

"또 왜?"

"보고 싶어서 왔지."

말은 그래도 뭔가 다른 꿍꿍이가 있어 보였으나 유천은 모
른 척 넘어갔다.

"커피나 마시고 가."

"친구가 왔는데 너무 박대하는 거 아냐?"

"요새 할 일이 많아. 나중에 놀자."

"에이, 그러면 섭하지."

박성진이 병맥주를 손에 들고 너스레를 부리자 유천이 피
식 웃으며 말했다.

"문밖에 집어던질 수도 있어."

그때였다.

[문자 왔숑. 문자 왔숑.]

갑자기 이상한 소리가 휴대폰에서 흘러나왔다. 박성진이 반색하며 얼른 휴대폰을 집어 들었다.

"왔구나!"

고함을 치며 주먹을 불끈 쥐어 보이는 박성진이었다. 가만히 바라보던 유천이 한마디 했다.

"너 지금 뭐하냐?"

"해피이벤트에서 연락이 왔다고. 이제 내일이면……."

"내일이면 뭐?"

"이 몸이 멋진 여자와 소개팅을 하는 거 아니겠어? 부럽지, 자식아?"

가만히 바라보던 유천이 싱긋 웃으며 박성진이 사온 맥주를 한숨에 비웠다.

바라보던 박성진이 살짝 비꼬았다.

"너 일할 때는 술 안 마신다며?"

"목이 탈 때도 있어."

"너, 부럽구나?"

"부럽긴, 자식아."

유천이 어이없단 듯 한소리 했지만 박성진이 집요하게 파고들었다.

"부럽지? 그러니까 누가 너보고 등외품으로 살라더냐?"

"등외품? 야, 너 뚫린 입이라고 말 함부로 하는 거 아니
야."

유천이 말하자 박성진이 싱글싱글 웃었다.

그때였다.


[문자 왔어요.]


점잖은 목소리와 함께 이번에는 유천의 휴대폰이 울었다.
유천은 묵묵히 휴대폰을 꺼내 열어 보고는 눈이 반짝였다.

옆에 있는 박성진이 궁금증을 참지 못하고 물었다.

"무슨 문자냐?"

"사생활이야. 너무 알려고 하지 마."

"여자한테 온 문자야?"

"여자인지 남자인지 모르겠어. 해피이벤트라는데?"

"뭐? 해피이벤트? 너 거기 가입했어?"

깜짝 놀란 박성진의 목소리에 유천이 한마디 했다.

"네 말 듣고 그냥 심심해서 해봤지. 그런데 이거 좀 이상하
네."

"뭐가 이상한데?"

"보고 말해."

유천이 휴대폰을 들이밀었다.

[정유천님, 해피이벤트입니다.

최고 자격 요건을 갖추신 일등급 여자 회원 한 분이 만나 뵙길 원하시는데 전화 드려도 될까요?

허락하신다면 문자로 답을 해주시기 바랍니다.

—해피이벤트 커플매니저 김나래.]


내용을 바라보던 박성진이 우두커니 서 있다.

"일등급 여자?"

멍한 표정의 박성진을 보고 유천이 한마디 했다.

"그냥 하는 말이겠지."

"그, 그런가?"

영 떨떠름한 표정이다.

띠리릭.

바로 휴대폰이 울리자 유천이 천천히 받아 들었다.

"여보세요?"

—안녕하세요. 해피이벤트 커플매니저 김나래입니다. 정유천님 맞으십니까?

"그런데 무슨 일로……?"

—문자 받으셨나요?

"받았습니다만."

유천이 담담하게 대답하자 김나래의 목소리가 들린다.

—일단 여성 분 사진을 보내드리겠습니다. 그리고 간단한

신상도 함께 보냅니다. 보시고 연락 부탁드립니다.

"그러죠."

유천이 휴대폰을 내려놓자 통화 소리가 컸던지 남김없이 들은 박성진이 영 의심스럽단 듯 한마디 했다.

"에이, 그냥 하는 말인 것 같은데?"

"나도 그렇게 생각해."

유천이 무덤덤하게 말을 받자 박성진이 오히려 당황스러워한다.

"아니, 그렇다고 그런 뜻은 아니고……."

그 순간 다시 한 번 유천의 휴대폰에 문자 알림이 도착했다.

띠릭.

그 소리에 박성진이 신경질적으로 쏘아보았다.

"야, 촌스럽게. 그 알람 좀 바꿔봐."

"나만 알아보면 되지."

유천은 아무 생각 없이 곧바로 문자 메시지를 확인했다.

그런데 갑자기 눈이 환해지는 여자의 사진이 휴대폰 화면 가득히 드러났다.

옆에 있던 박성진이 무심코 보곤 놀라 소리쳤다.

"배수지 닮았다!"

"배수지가 누구야?"

"왜 요새 뜨는 연예인인데 몰라?"

"그래? 뭐, 생기긴 좀 했네."

유천은 겉으로 감정을 드러내지 않고 문자 메시지 사진 밑에 있는 문자를 확인했다.

[서울대 미술학과 졸업.

정유천님이 마음에 드시면 전화를 주시거나 문자를 해주시면 됩니다. 연락 기다리겠습니다.

아참, 이 소개팅은 여자 분이 적극적으로 나선 것입니다.

여자 분의 자존심을 건드리지는 않겠죠?]

애교 어린 마지막 문자에 유천이 피식 웃었으나 옆에 있던 박성진은 거의 멘탈 붕괴 상태였다.

"이, 이건 말도 안 돼!"

버럭 소리치는 박성진을 보고 유천이 물었다.

"뭐가 말이 안 되는데?"

"네가 어떻게……. 이 정도면 퀸카도 대단한 퀸카인데."

"해피이벤트가 미쳤나 보지."

"……."

방금 전까지 자신에게 온 여자 프로필을 보고 희희낙락하던 박성진의 모습이 아니다.

거의 절망에 빠진 상태로 머리카락을 마구 휘젓고 있다.

속으론 약간 깨소금 맛이었지만 유천이 조심스럽게 물었다.

"속상하냐?"

"⋯⋯."

아무런 대답이 없다. 유천이 천천히 의자에서 일어서며 말했다.

"너무 실망하지 마."

어깨를 툭툭 쳐주고는 다시 방으로 향하는 유천이다. 그제야 고개를 든 박성진이 망연자실한 표정으로 소리쳤다.

"세상에 어떻게 이런 일이!"

아무리 생각해도 이해할 수가 없는 박성진이 바로 유천을 쫓아갔다.

"너 자기소개 뻥 튀겼지?"

"아니. 있는 그대로 썼어."

"그런데 어떻게? 해피이벤트, 보통 깐깐한 곳이 아닌데."

"아까도 얘기했지만 걔네들이 잠깐 미쳤나 봐. 술이나 마셔."

유천이 빙긋 웃으며 책상 옆에 의자에 털썩 앉았다.

냉큼 뒤따라온 박성진이 목이 마른 듯 갈라진 목소리로 물었다.

"만날 거야?"

"아니."

"왜?"

"해피이벤트가 뭐하는 덴지 궁금해서 했을 뿐이야. 아직 여자 만날 생각 없어."

유천이 담담하게 얘기하자 박성진이 혈압을 높였다.

"너 이런 여자를 보고도 안 만나?"

"글쎄? 아직은 생각이 없네."

"만나봐야지."

"이거 결혼을 전제로 만나는 거 아니야?"

유천이 묻자 박성진이 고개를 끄덕였다.

"당연하지."

"그래서 싫어."

"그건 또 무슨 소리야?"

"아무것도 모른 채 조건 보고 만나는 거, 그다지 좋지 않아. 아직은 순수한 사랑이 좋거든."

유천의 진심이다.

아직 조건 보고 교제할 생각은 없었다. 어느 날 눈 돌아가는 여자를 만나고 싶은 꿈이 남아 있었다.

그러나 박성진은 입에 침을 튀겼다.

"야, 정유천!"

"내 이름 정유천인지 아니까 그렇게 크게 안 불러도 돼."

유천이 자리에서 일어서자 박성진이 따라 의자를 박찼다.

"정말 안 만날 거야?"

"왜? 네가 대신 나갈래?"

"미친 자식. 얼굴이 뻔히 드러나는데 내가 나간다고 되냐?"

"그런데 뭐?"

유천이 천천히 걸음을 돌렸다.

"야! 정유천!"

"왜 그렇게 목을 매? 네 동생도 아닌데."

유천이 빙긋 웃으며 천천히 박성진에게서 관심을 껐다.

박성진은 몇 번이고 고함치더니만 지친 듯 집으로 돌아갔다. 그가 떠나기 전 내뱉은 마지막 말이 귀에 감돌았다.

"세상 불공평해."

**2장**

과거의 흔적

　그러나 일은 유천의 생각대로 되지 않았다.

　불과 두 시간도 지나지 않아 바로 해피이벤트 커플 매니저인 김나래에게서 연락이 왔다.

　―정유천 님, 상대분이 마음에 드시나요?

　"호감은 가는 인상이긴 하지만."

　유천이 예의상 한마디 한 것이 실수였다. 김나래가 바로 반색하며 목소리부터 명랑해졌다.

　―다행이네요. 그럼 약속 시간을 정해주세요.

　"제가 좀 바빠서 다음으로 하면 안 될까요?"

　―여자가 먼저 신청했는데 이러면 결례 아니겠어요?

"……."

그 한마디에 유천은 할 말을 잃었다.

김나래는 이런 유천에게 살짝 더 압박을 가했다.

─오늘 7시 시간 괜찮으신가요?

곰곰이 생각하던 유천은 밑져야 본전이라는 생각이 들었다. 어차피 별다른 느낌은 없는 상태이다.

작은 호기심이 발동하자 유천은 별 고민 없이 물었다.

"나가기만 하면 되는 거죠?"

─그럼요. 그렇게 알고 약속 시간과 장소를 문자로 보내드리겠습니다. 그럼 좋은 시간되세요.

유천이 미처 대답하기도 전 전화를 툭 끊어버리는 김나래에 유천은 환하게 웃고 말았다.

"직업은 직업이네."

김나래의 상대를 능숙하게 다루는 모습이 보통이 아니다.

유천이 시큰둥하자 다른 말 나오기 전에 막아버린 고단수 수법이었다.

물론 거기가 끝이 아니었다.

띠릭.

바로 얼마 지나지 않아 문자 메시지 음이 들렸다.


[오늘 저녁 일곱 시, 신라호텔 로비로 오시길 바랍니다.]

문자 메시지를 바라보던 유천이 고개를 흔들었다.

"뭐, 보는 거야 어렵겠어?"

유천의 입장에서도 미인을 본다는데 나쁜 일은 아니었다.


7시가 되자 약속 장소에 정확히 도착한 유천이 자리를 잡고 앉았다.

그래도 매너상 정장을 차려입고 목욕에 이발까지 깔끔하게 한 모습이다. 막상 오니 약간의 설렘이 가슴에서 은근하게 일었다.

불과 5분도 지나기 전에 여자 두 명이 다가오는 모습이 보였다. 아직 거리는 멀었지만 사진에서 본 얼굴이 보이자 유천이 천천히 자리에서 일어섰다.

가까이 다가선 한 여자가 싱그럽게 웃으며 물었다.

"정유천 님?"

"맞습니다만."

"안녕하세요. 전화 드렸던 김나래라고 해요."

"이쪽에 앉으시죠."

유천이 자리를 권하는 사이 김나래를 따라온 여자가 바로 꼿꼿한 걸음으로 맞은편에 앉았다.

사진 그대로였지만 막상 실물을 보니 어딘지 모르게 차가운 인상이다.

그런데 가까이 다가온 김나래 표정이 멍해졌다.

'잘생겼네.'

사진이 외려 못 나온 편이었다. 정작 유천의 실물을 보자 김나래는 넋이 반쯤 나갔다.

커플매니저 생활을 하다 보면 미남을 곧잘 만나게 마련이다.

그러나 유천 외모는 그녀로서도 생전 처음이었다. 잠시 멍했던 김나래가 가까스로 정신을 차렸다.

김나래가 방긋 웃으며 두 사람에게 말했다.

"두 분 서로 인사하시죠."

"정유천입니다."

"이현주예요."

"만나서 반갑습니다."

상투적인 멘트가 나오자 김나래가 얼른 분위기를 맞추기 시작했다.

"두 분 참 잘 어울리시네요. 그럼 불청객은 이쯤에서 사라질 예정이니 두 분, 즐거운 시간 나누세요."

김나래가 곱게 인사하고는 얼른 멀어져 갔다. 상상외로 빠른 움직임에 유천이나 이현주가 당황할 정도였다.

두 사람만 남자 약간 어색한 분위기가 감돌았다.

유천이 어색한 기분에 막 말을 꺼내려 하자 이현주가 선수 쳤다.

"정말 미남이시네요."

"여자가 아름다우면 보기 좋지만 남자는 그저 그렇습니다."

무덤덤한 유천 말에도 이현주는 황홀한 표정을 지우지 않았다.

"프랑스 시민권자시라고요?"

"뭐 본의 아니게 그렇게 됐습니다."

솔직한 이야기였지만 이현주는 무슨 뜻인지 아직 짐작조차 하지 못했다. 이현주는 침착하고 낭랑한 목소리로 다시 물었다.

"전공이 무엇인지……?"

"전공이요? 글쎄요."

"프랑스에서 대학 나오신 거 아닌가요?"

"아닌데요."

유천이 대답하자 이현주가 아리송한 얼굴로 변했다.

"어릴 때 부모님이 프랑스에 가신 모양이네요."

"그것도 아닌데요."

"그렇게 어떻게 프랑스 시민권을 얻게 됐죠?"

"어쩌다 보니까 주던데요?"

유천이 눈앞에 있는 차를 마시며 심드렁하게 대답하자 이현주가 살짝 당황해했다.

자신이 예상한 대답이 아니어서 난감한 얼굴이다. 하지만 이현주는 금방 표정을 바꾸며 말했다.

"한국에서는 무슨 일을 하시나요?"

"아, 어렸을 때부터 친한 친구와 치킨집을 하고 있습니다."

"치, 치킨집이요?"

이현주가 조금 황당한 표정으로 물었으나 유천은 싱글거리며 말했다.

"장사가 꽤 잘됩니다. 수입도 짭짤하고요."

"그래요?"

영 떨떠름한 표정으로 변했다.

이현주가 생각하기에 치킨집은 건 그다지 마음에 와 닿지 않는 직업이다.

그러나 유천 외모가 모든 걸 막아줬다. 이현주는 내심 이 남자를 꼭 잡고 싶었다.

그 강박감이 함부로 이야기 꺼내기 힘들 지경이었다. 잠시 침묵이 흐른 후 다시 이현주가 물었다.

"계속 치킨집 하실 건가요?"

"물론 그럴 마음은 없습니다. 다른 사업을 구상하고 있죠."

"혹시 프랑스에서 직업을 구하기는 힘드셨나요?"

솔직한 이현주의 질문이었지만 유천은 오히려 그게 편했다.

"글쎄요. 오기 전에 프랑스 정부에서 자리를 준다고 하긴 하던데요."

"자리요? 어떤 자리요?"

"외무부 일이었습니다. 제가 내키지 않아서 거절했습니다."

"그래요?"

대번에 화들짝 크게 변한 눈초리가 반짝 빛났다.

유천은 이현주의 속마음을 훤히 들여다봤지만 내색하지는 않았다.

"이현주 씨는 프랑스가 좋은 모양이네요?"

"아실지 모르지만 저는 프랑스에서 살고 싶어요."

"사시면 되죠."

"그냥 살 수 있는 게 아니잖아요. 프랑스 시민권이 있어야 하는데."

"프랑스에 가면 시민권자 많은데요?"

유천이 말하자 이현주가 살짝 눈썹을 찌푸렸다.

"아무래도 한국 사람이 좋죠."

"그래서 저를 택하신 겁니까?"

"지금은 처음이니까 서로 알아가는 게 필요하겠죠. 하지만 목적이 같으면 좋지 않을까요?"

이현주의 당당한 말에 유천이 감탄했다. 자기주장이 강한 여자란 느낌이 들었다. 하지만 유천이 보기엔 이현주는 자신의 상대가 아니었다.

뭔가 계산적인 냄새가 풍기자 유천의 비위가 뒤틀어진 후

였기 때문이다.

매녀상 속마음은 감춘 채 유천은 깔끔하게 이야기를 정리했다.

"자, 일단 나가시죠. 제가 오늘 근사하게 모시겠습니다."

"기대해도 되나요?"

"그럼요."

유천이 밝게 웃었다.

밖으로 나온 유천이 도로를 걷자 뒤를 따라오던 이현주가 고개를 갸웃거리며 물었다.

"아직 차가 없으신가요?"

"별 필요성이 없어서요. 길도 복잡하고."

"운전이 서투신가 봐요?"

"그다지 해본 적도 없습니다."

유천의 담담한 말에 이현주가 입을 다물었다. 그러나 얼굴에는 불만스러운 기색이 역력했다.

"요새 소개팅 나오는 남자들은 기본적으로 차를 가지고 있어야 하는 거 아닌가요?"

"그건 그들만의 생각이고요. 저는 다른데요."

유천은 조금도 위축되지 않았다.

그깟 차 때문에 이런 말을 듣고 싶은 마음은 없었다. 유천의 강한 반발에 이현주는 얼른 화제를 돌렸다.

"어디로 가시나요?"

"좋은 곳이요."

유천은 이미 어제 갈 만한 곳을 모두 정해놓았다.

한 번을 만나더라도 데이트다운 데이트를 하고 싶은 마음은 자신에게도 있었다. 그 생각을 그대로 실천에 옮길 생각이다.

유천은 그때부터 이현주를 데리고 고급 레스토랑, 그리고 양주 바까지 들르며 최선의 예우를 갖췄다.

이현주의 얼굴이 만족스러운 얼굴로 변해 마지막 양주 바를 나서는 순간이었다.

유천이 이현주를 바라보며 살짝 고개를 숙였다.

"오늘 즐거웠습니다."

"네?"

"즐거웠다고요. 그럼 이만."

유천은 뒤도 돌아보지 않고 걸어갔다.

뒤에 있던 이현주가 무슨 말인가 하려다가 갑자기 입술을 꼭 깨물었다.

유천의 행동이 무엇을 의미하는지 잘 알았지만 너저분하게 쫓아갈 생각은 없었다.

"도대체⋯⋯."

자신의 미모와 학력, 그것을 무시하고 간 유천이 영 이상하기만 했다.

하지만 유천의 생각은 달랐다.

"미녀와의 데이트는 여기까지."

유천은 상큼한 기분으로 걸음을 옮겼다.


그것으로 끝이라고 생각했지만 유천의 생각은 틀렸다.

곧바로 김나래에게서 연락이 왔다.

몇 번을 받을까 말까 망설였지만 유천은 결국은 깔끔하게
마무리 짓고 싶은 생각에 전화를 받았다.

"정유천입니다."

—어제 잘 안 되셨던 모양이죠?

"서로 성격 차이가 있더군요."

—아, 그래서 말인데, 또 한 분이 정유천 님을 만나길 희망
하는데요.

김나래의 말에 유천은 단박에 끊었다.

"죄송합니다만 제 일이 바빠서 곤란하네요."

—정유천 님.

"죄송합니다."

유천은 더 이상 말하지 않고 먼저 전화를 툭 끊어버렸다.

막상 소개팅을 해보니 귀찮은 점이 많았기에 미련도 없었
다. 인연은 스스로 구해야 최선이란 마음이 굳어질 뿐이다.


그러나 서울 다른 쪽에선 한 여자의 분노가 터졌다.

"뭐라고요? 정유천 씨가 거절했다고요?"

―죄송합니다. 몇 번이고 말씀드렸는데 바쁘시다 하네요.

"꼭 성사시켜 준다고 했잖아요?"

―다른 분은 어떠신가요? 명문대 출신에 직업도 좋고, 거기다 가족 중에 훌륭하십니다.

"관둬요."

여자가 전화를 끊었다.

씩씩거리던 여자가 앞머리를 올리자 얼굴이 드러났다. 여자는 다름 아닌 유천이 파리에서 구해준 바로 그 여자였다.

"감히."

이를 뿌드득 가는 여자의 얼굴이 살벌하게 변했다.

"멋지게 차줄라고 했는데."

아쉬움이 가득했다.

한국에 돌아오자마자 거금을 들인 심부름센터를 통해 겨우 알아낸 정보였다.

유천이 해피이벤트에 가입할 걸 알고 얼마나 웃었는지 몰랐다.

유천에게 파리에서 당한 수모를 고스란히 돌려줄 요량으로 소개팅을 신청했다가 보기 좋게 한 방 먹은 얼굴이다.

"두고 보자고."

여자의 눈에 묘한 빛이 감돌았다.


한편, 이런 음모를 모르는 유천은 느닷없이 걸려온 어머니의 연락을 받았다. 원래 자주 통화하는 성격이 아닌 어머니이기에 얼른 받았다.

"어머니."

─유천아, 잘 지내니?

"그럭저럭요."

─모레가 큰이모 칠순잔치란다.

"그런데요?"

유천의 목소리가 대번에 가라앉았다.

친척들에 대해 그리 좋은 감정이 아닌 탓이다.

전부터 없다고 무시당한 기억에 더욱 결정적인 건 어머니 입원 사건이었다.

그때 유천이 자존심을 버리고 찾아갔다가 거절당한 경험이 있었다.

그런 친척들이 곱게 보일 리 없었다.

유천이 생각하는 사이 어머니의 목소리가 들렸다.

─해서 집에 오련?

"가서 이야기하죠."

유천은 그길로 집으로 향했다.

"칠순잔치?"

가소로운 웃음이 영 가시질 않았다.


집에 도착한 유천이 잔뜩 찌푸린 얼굴로 어머니한테 물었다.

"꼭 가서야겠습니까?"

"하나밖에 없는 친언니인데 가야지."

"억울하지도 않으세요? 그분들이 어머니께 어떻게 대하셨는지 아시지 않습니까."

"유천아."

어머니가 가라앉는 목소리로 부르자 유천이 마지못해 답했다.

"말씀하세요."

"사람에겐 도리가 있어. 하나밖에 없는 친언니인데 가야지."

유천은 그 말에 결국 웃을 수밖에 없었다. 어머니의 마음이 이해됐거니와 왠지 모르게 포근한 마음도 들었다.

"그런 어머니가 좋습니다."

"가는 거냐?"

어머니가 밝게 웃자 유천이 고개를 끄덕이며 말했다.

"예, 잠시만 기다리세요. 제가 준비할 게 있어서요."

"그래."

어머니는 유천의 말에 미소를 지으며 고개를 끄덕였다.

유천은 방문을 나서자마자 휴대폰을 꺼내 들었다. 그리고 고등학교 일 년 후배인 임종수에게 전화를 걸었다.

"나 유천인데."

—어, 형님. 어쩐 일이십니까?

"중고차 잘 팔리냐?"

—요즘 같은 경기에 잘 팔리겠습니까? 형님, 술이나 한잔 하죠.

"술은 나중에 하고, 차 한 대 줘라."

유천의 말에 임종수가 조금 당황스런 목소리로 묻는다.

—차라니요? 어디 쓰실 데가 있으십니까?

"그건 아니고, 이전 서류 다 준비해서 괜찮은 차로 가져 와."

—차종은요?

"네가 더 잘 알겠지. 한 가지만 명심해라. 만약 차가 시원 치 않으면 넌 죽어."

—걱정하지 마십시오. 누구 부탁인데.

임종수의 자신 있는 목소리에 유천이 마지막으로 쐐기를 박았다.

"중간에 고장 나면 넌 정말 죽는다."

—에이, 형님 성격을 제일 잘 아는데 무슨 소리 하십니까. 어디로 갈까요?

"등록사업소로 가야지. 어디냐 하면……."

유천이 친절하게 설명하자 곧바로 임종수의 목소리가 들 렸다.

—알겠습니다. 가격은 어느 정도로 할까요?

"괜찮은 차로 가져와."

—적당한 차로 골라서 가겠습니다.

"그래, 거기서 기다리마."

유천은 통화를 마치자마자 곧장 집을 나섰다. 등록사업소에서 기다리자 드디어 휴대폰이 울렸다.

—형님, 저 지금 입구에 있습니다.

"그래, 내려 봐."

유천이 휴대폰을 들고 바라보니 임종수의 모습이 보인다. 천천히 그쪽으로 걸어가던 유천은 순간 흠칫했다.

"이거……."

"좋은 차입니다. 어때요? 쓸 만하죠?"

이건 좋은 정도를 넘어섰다.

임종수가 가져온 것은 우람하기 이를 데 없는 랜드로버 레인지오버였다.

유천은 가만히 바라보다 어이없어 임종수에게 말했다.

"도대체 얼마짜리를 가지고 온 거야?"

"형님, 이게 좀 원래 출고가는 엄청 비쌌는데 연식이 돼서 좀 쌉니다. 천칠 백만 원입니다. 어지간한 국산 중고차 값이지요."

"튼튼하냐?"

"그럼요. SUV에서 이만한 차 없습니다. 그리고 연식에 비해서 얼마 안 뛰어서 차도 훌륭합니다."

가만히 바라보던 유천이 임종수의 어깨를 쳤다.

"가자."

"정말 더 안 봐도 되겠습니까?"

"너를 믿는다. 아니면 보답을 받을 뿐이고."

"에이, 형님도. 제가 깔끔하게 수리한 차입니다."

자신만만한 임종수를 앞세우고 이전 등록을 마쳤다. 유천은 그 앞에서 바로 수표를 꺼내주었다.

"자, 차 값이야."

"형님, 돈 좀 버신 것 같습니다?"

"번 게 아니고 벌어가고 있는 중이다. 나중에 술 한잔하자."

유천이 임종수와 서둘러 헤어지려 하자 임종수가 끈질기게 따라붙으며 말했다.

"형님, 오늘 저녁 제가 술 한잔 사겠습니다."

"급한 일이 있어. 나중에 연락할게."

"형님."

"간다."

유천은 매달리는 임종수를 뿌리치고 시동을 걸었다.

부르르릉!

육중한 엔진 음과 함께 차가 앞으로 굴러가기 시작했다.

"괜찮은데?"

처음으로 자가용을 가진 유천은 기분이 상쾌했다. 육중한 차체에 비해 순발력도 있고 차도 쭉쭉 잘 나갔다.

얼마 안 가 더 신기한 사실을 발견하곤 유천은 피식 웃었다.

차가 막상 달리자 주위에 따라붙는 차가 보이지 않았다.

"후후."

왜 그런지는 유천이 더 잘 알고 있었다.

외제차와 잘못해 접촉 사고라도 나면 수리비가 장난이 아닌 건 모두가 알고 있는 사실이다.

더군다나 유천이 탄 차는 비싸기로 유명한 랜드로버 레인지오버였다. 연식에 상관없이 그 브랜드만 보고도 주위에 다른 차가 바짝 붙지 않는 것이다.

"괜찮네."

운전할 때 성가심이 없다는 것만으로도 충분히 만족했다.


다음 날 아침, 유천은 어머니와 함께 집을 나섰다. 대문을 나서자마자 유천이 어머니에게 말했다.

"차 한 대 샀어요."

"갑자기 차는 왜?"

어머니의 눈이 커지자 유천이 차분하게 설명했다.

"어머니 모시고 다니는 것도 불편하고 개인적으로도 차가 꼭 필요하고요. 기동력이 없으니까 불편한 점이 많더라고요."

"너무 무리한 건 아니니?"

"상관없어요. 저 차예요."

유천이 손가락으로 가리킨 차를 본 어머니가 처음 뱉은 말이 예상을 깬 걸작이었다.

"차가 크구나!"

"네, 넓은 게 좋아서요."

유천은 속으로 안도의 한숨이 나왔다.

어머니는 차에 대해서 전혀 몰랐다.

랜드로버 레인지오버가 비싼 차라는 개념조차도 없었다.

그 점이 유천에게는 오히려 편안했다. 만약 비싼 차라는 걸 알았다면 어머니의 끝없는 잔소리에 시달렸을지도 몰랐다.

차를 타자 어머니는 푹신한 듯 시트에 몸을 기댔다.

"차가 편안해. 비싼 차 아니니?"

"요즘 차 다 그래요."

"그러니?"

다시 한 번 어머니가 속아 넘어가는 순간이다.

악의가 없는 거짓말이었기에 유천은 빙긋 웃으며 차를 몰아갔다.

어머니가 갑자기 생각난 듯 유천에게 물었다.

"지금 어디 가는 거니? 이 길이 아닌데."

"어머니 한복 맞추려고요. 어머니 제대로 된 한복이 없잖아요."

"그냥 가도 되는데."

"아니요. 제가 싫어요. 어머니한테 예쁜 한복 한 벌 맞춰드리고 싶었거든요."

"괜찮다니까."

"이미 출발한걸요?"

유천은 어머니의 말을 가볍게 넘기고는 한복 가게가 몰려 있는 시내로 향했다.

서울 시내에 도착해 상가 안에 들어서자 휘황찬란한 한복들이 시선을 어지럽혔다.

어머니가 여기저기 살펴보고 있는 유천에게 말했다.

"그냥 싼 걸로 사면 돼."

"그렇게 할게요. 어머니, 잠깐 화장실 좀 다녀올게요."

"그래라."

"구경하고 계세요."

유천은 그 말과 동시에 화장실 쪽으로 걸음을 옮겼다. 하지만 유천이 간 곳은 화장실이 아니었다.

슬쩍 화장실 반대편으로 가 한복들을 쭉 살펴봤다.

"오, 저거 좋은데?"

유천의 시선이 닿은 건 맑은 옥색으로 된 한복이었다.

고급스러우면서도 우아함이 넘치는 색감을 보고 유천이 바로 가게 앞으로 향했다.

"저거 얼맙니까?"

"저거요? 저거는 상당히 비싼 옷입니다. 디스플레이해 둔

옷인데, 그냥 보라고 걸어놓은 겁니다."

"그러니까 얼마냐고요."

"160만 원입니다."

상상 외의 가격이었지만 유천은 이미 사전에 조사한 게 있었다.

"인터넷으로 보니까 100만 원 정도 하던데요?"

"아이고, 그래서 우리는 뭘 먹고 삽니까?"

"100만 원에 해주십시오."

유천이 딱 자르자 사장이 고개를 흔들었다.

"그 정도는 곤란합니다."

"그럼 말고요."

유천이 움직이려고 하자 사장이 잡았다.

"그러지 마시고 조금만 더 쓰시죠."

"105만 원. 더 이상은 쓰지 않습니다."

유천이 단호하게 얘기하자 사장이 어쩔 수 없다는 듯이 말했다.

"좋습니다. 그렇게 해드리죠."

유천이 사장의 말에 싱긋 웃었다.

105만 원에 팔아도 상당히 남을 게 분명했다. 홍정이 끝나자 유천이 조용히 사장을 불렀다.

"그런데 한 가지 부탁드려도 될까요?"

"무슨 부탁이요?"

사장이 고개를 갸웃거리자 유천이 조용히 말했다.

"어머니가 오시면 뒤에 공 하나를 빼주세요."

"공 하나를 빼라면?"

"10만 5천 원에 해달라고요."

"아니, 그건 왜?"

사장 얼굴이 영 이해하지 못하는 표정이다. 유천은 굳이 세세히 설명할 이유가 없기에 일단 밀어붙였다.

"그렇게 해주시겠죠?"

"뭐, 해드리긴 하겠지만……."

사장이 떨떠름한 표정을 지었으나 유천은 그것을 끝으로 가게를 떠나 바로 어머니에게 다가섰다.

"어머니, 저쪽에 좋은 옷이 있던데요?"

"화장실 간다며?"

"나오다가 봤어요. 가봐요."

유천은 어머니의 손을 끌고 그쪽으로 향했다.

어머니와 함께 온 유천을 보고 사장이 웃으며 말했다.

"어머니랑 같이 오셨네요?"

"아까 그게 얼마라고 그랬죠?"

"10만 5천 원이요."

"어머니, 저거 어때요?"

유천이 옥색 한복을 가리키자 어머니가 황홀한 듯 바라봤다.

"예쁘구나. 그런데 10만 5천 원이라고?"

"네, 적당한 가격 같아요."

유천이 말하자 속 모르는 어머니는 바로 사장에게 말했다.

"그러지 말고 10만 원에 줘요."

사장은 기가 막혀 말도 나오지 않는 입장이다. 뒤에서 유천이 찡긋거리자 사장이 고개를 끄덕였다.

"그렇게 드리죠. 일단 치수를 재셔야 되겠네요."

"고마워요, 사장님."

어머니는 깎았다는 기분에 바로 사장 말대로 치수를 재러 들어갔다.

뒤를 따라가던 사장에게 넌지시 돈을 건네주는 유천이 귓속말을 했다.

"105만 원 넣었습니다."

"감사합니다. 대신 서비스는 해드릴게요."

"그렇게 하시죠. 그런데 한복은 언제 나올까요?"

"급하시다면 내일 아침에 찾으러 오시면 됩니다."

"그럼 내일 오전에 찾으러 오겠습니다."


잠시 후 치수를 재고 돌아 나온 어머니에게 유천이 말했다.

"마음에 드세요?"

"마음에 드는구나. 한복 값이 이렇게 싸면 하나 더 맞출까 그래."

유천은 순간적으로 얼굴이 변해 사장을 쳐다봤다. 사장도 유천을 바라보며 영 난처한 표정을 지었다.

유천은 그런 어머니에게 싱긋 웃으며 말했다.

"하나 더 하실래요?"

"아니, 지금은 말고 나중에는 하러 오려고."

"그러세요. 그때 같이 오도록 하죠."

유천은 어머니의 어깨를 잡고 천천히 걸어 나갔다.

그런데 불과 열 걸음도 가기 전에 목소리가 들렸다.

"저기 손님, 잠깐만요!"

사장의 목소리에 유천이 고개를 돌렸다.

"무슨 일이십니까?"

"잠시 저 좀 보시죠."

"어머니, 잠깐만 계세요."

유천이 얼른 사장 쪽으로 가자 사장은 한참 더 가게 쪽으로 간 후에야 봉투 하나를 내밀었다.

"이거 받으세요."

"이게 뭡니까?"

"10만 원 넣었습니다."

"아니, 10만 원이라니요?"

유천이 당황한 표정으로 바라보자 사장이 싱긋 웃었다.

"효자시네요. 제가 많이는 못 빼드리고 이거 어머니 맛있는 거라도 사드리십시오."

"아니, 이러시지 않으셔도 됩니다만."

"아니요. 오늘 내 기분이 좋아서 그래요."

사장의 말에 유천이 입꼬리를 올렸다.

"다음에 어머니랑 꼭 다시 오겠습니다."

"안 오셔도 됩니다. 또 목돈 나가실 텐데요."

"아니요. 기분이 좋네요. 다시 꼭 오겠습니다."

유천이 정중하게 고개를 숙이고 걸음을 옮겼다.

"괜찮은 양반이네?"

유천은 왠지 흐뭇한 기분을 감출 수가 없었다.


다음 날 오전 유천이 향한 곳은 꽤 알아주는 미용실이었다. 마침 미용실 바로 앞에 빈 공간이 있어 차를 세웠다.

이미 자신도 근사하게 양복을 빼입은 후다.

미용실 쪽으로 향하자 원장으로 보이는 여자가 얼른 달려나와 인사했다.

"어서 오세요."

유천은 차만 보고 사람을 평가하는 세태가 영 씁쓸했으나 가볍게 넘겼다. 솔직히 이런 대접 받는 것이 기분 나쁘지 않은 탓이다.

"이 옷에 맞게 잘 꾸며주세요."

"알겠습니다."

"아줌마 파마 말고 세련된 파마로요. 알겠습니까?"

유천의 말에 미용사가 활짝 웃었다.

"그렇게 하시려면……."

"비용은 걱정하지 마시고요."

"최선을 다하겠습니다."

원장이 다시 고개를 숙였다.

보나마나 굵은 손님인 걸 알아보고 아부하는 것이 분명했다. 어쨌든 유천은 가급적이면 어머니를 최상으로 만들어 드리고 싶었다.

두 시간 동안 파마를 마친 어머니는 기진맥진한 표정이다.

"힘들구나."

"잠시 차 한 잔 마시고 가면 되죠."

미장원에서 내준 차를 마시고 두 사람은 휴식을 취한 후에야 비로소 움직였다.

# 3장

## 바뀌야 해

  그다음으로 유천은 어머니와 함께 서울 시내로 향했다.

  가게에 들어서자 사장이 친절하게 두 사람을 맞이했다.

  "자, 다 끝났습니다. 입어 보시지요. 저쪽에 탈의실 있습니다."

  정중하고도 친절한 안내였다.

  유천은 멀리서 두 사람을 바라보기만 했다.

  5분도 지나지 않아 다시 나온 어머니는 아까와는 전혀 다른 모습이었다.

  "와, 어머니, 근사한데요?"

  "근사하니?"

"그럼요. 더 근사해지셔야죠."

유천은 어머니를 데리고 움직이며 사장에게 슬쩍 고개를 숙였다.

사장도 빙긋 웃으며 고개를 숙였다.

"이제 가시죠."

유천의 말에 어머니가 가만히 쳐다보다 물었다.

"꼭 이렇게까지 해야 하는 거니?"

"저는요, 어머니가 세상에서 제일 좋습니다. 그 어머니가 남들에게 초라해 보이는 게 싫어요. 그게 전부입니다."

"이러지 않아도 된다."

"아니요. 이래야 제 마음이 편합니다. 어머니도 좋지 않아요, 아들이 편한 게?"

"……."

어머니는 말없이 유천의 손을 살포시 잡았다.

"세상에서 하나밖에 없는 어머닌데요. 가시죠."

유천은 어머니와 함께 칠순잔치가 벌어지고 있는 강남으로 향했다.

칠순잔치가 벌어지고 있는 웨딩홀은 강남에서도 유명한 곳이었다. 덕분에 찾아가는 데는 그다지 어려움이 없었다.

유천이 기세 좋게 현관 앞에 차를 세웠다.

끼익!

유천이 차에서 내리자 현관 앞에서 손님을 받고 있던 사람이 흠칫 놀라는 표정이다.

유천은 첫눈에 그를 알아봤다.

큰이모댁 장손인 한남규였다. 항렬상으론 유천이 삼촌뻘
이었다.

유천이 살짝 손을 들었다.

"오랜만이다."

"유천 삼촌 아니십니까?"

"인사는 나중에 하고 우리 어머니를 내려드려야지."

"아, 네."

놀란 한남규가 얼른 뒷문을 열었다.

"오랜만이다."

어머니의 말에 바로 한남규가 대답했다.

"잘 오셨어요. 어서 들어가시죠."

유천과 어머니는 안내를 받아 칠순잔치가 벌어지는 2층으
로 올라갔다.

입구에는 두 사람이 축의금을 받고 있었지만 유천은 모르
는 척 지나쳤다.

안내하던 한남규가 살짝 인상을 구기며 뒤쪽에 있는 자리
를 가리켰다.

"이쪽에 앉으시면 됩니다."

그러나 유천은 이미 큰이모가 있는 자리를 들어서면서부
터 알아봤다.

"큰이모가 저쪽에 계신데?"

"이쪽에 앉으시면……."

유천은 대꾸 없이 어머니의 손을 잡고 그쪽으로 향했다. 그 모습에 놀란 한남규가 앞을 가로막았다.

"삼촌."

"가만히 있어."

유천이 낮게 말하자 한남규가 찔끔한 표정이다.

유천의 강력한 카리스마가 한남규에게 내리꽂히자 마치 뱀을 만난 개구리처럼 얼어붙었다.

뒤에 있던 어머니가 말했다.

"그냥 저쪽에 앉잖구나."

"어머니, 어머니는 칠순잔치 당사자 친동생입니다."

그 말을 끝으로 유천은 곧장 앞으로 향했다.

마침 큰이모 옆으로 빈자리가 두 개 보였다. 유천은 아무렇지 않은 척 어머니를 이끌었다.

"이쪽에 앉으시면 됩니다."

어머니는 안절부절못했으나 유천이 거의 억지로 앉히다시피 했다. 그리고 옆에 자신도 털썩 앉았다.

그러자 갑자기 테이블 분위기가 싸늘하게 변하는 것을 유천은 피부로 실감할 수 있었다.

그러나 유천은 신경도 쓰지 않고 모르는 척 딴청을 피웠다.

눈치를 보던 어머니가 큰이모에게 말했다.

"언니, 축하해요."

"어, 그래."

큰이모도 영 못마땅한 표정이 겉으로 드러날 정도이다.

그렇게 어색한 분위기가 이어질 즈음 누가 유천의 어깨를 손으로 짚었다.

"유천아, 나 좀 보자."

고개를 돌려보자 열 살이나 위인 큰이모 둘째아들인 사촌형이다.

"그럴까요?"

유천은 망설임없이 자리에서 일어섰다.

사촌형은 곧장 앞쪽에 있는 진행자 대기실 쪽으로 유천을 데리고 들어갔다. 안에는 텅 비어 있어 두 사람만이 올곧이 자리했다.

사촌형이 유천에게 말했다.

"왜 이래?"

"뭐가요?"

"왜 여기에 앉는 거야?"

"여기 뭐 자리 정해놨습니까?"

"거기 앉을 사람이 정해 있어. 얼른 다른 곳으로 가는 게 좋을 것 같은데?"

사촌형의 억압적인 분위기에 유천은 욱하는 기분이 들었지만 빙긋 웃으며 말했다.

"혈육보다 더 중요한 사람인가요?"

"……."

순간 사촌형이 할 말을 잃었다.

"그냥 앉을게요."

"유천아, 너 인마!"

사촌형이 멱살을 잡자 유천이 빠르게 돌아서며 말했다.

"뭐요?"

"가라니까, 자식아."

순간 유천이 싱긋 웃으며 살벌하게 내뱉었다.

"한 대 쳤으면 좋겠는데."

"뭐라고?"

유천은 말없이 둘러보다 옆에 있는 쇠파이프를 잡았다.

그리고는 말없이 손으로 휘었다.

우두두둑!

쇠파이프가 휘어지는 것을 보고 사촌형의 얼굴이 변했다. 유천은 그런 사촌형에게 한마디 했다.

"어머니 부탁만 아니면 이런 데 안 왔어."

"……."

"형, 더 이상 말하지 말자."

그 말과 동시에 유천이 나오자 사촌형은 얼어붙은 듯 더 이상 말을 잇지 못했다.

유천은 태연한 기색으로 어머니 옆에 다시 앉았다.

어머니가 불안한 듯 유천에게 물었다.

"무슨 일 있었니?"

"아뇨, 별일 없어요."

얘기하는 사이 뒤따라 나온 사촌형이 유천에게 다가오며 말했다.

"조금 이따가 난처해질걸?"

"글쎄요."

유천이 싱긋 웃으며 답했다.

칠순잔치는 큰이모답게 호화롭게 진행되고 있었다.

한창 분위기가 무르익을 무렵 사회자가 유천이 앉아 있는 테이블을 가리키며 말했다.

"이제부터 칠순잔치를 맞아 큰 선물을 한 분들을 소개하겠습니다. 먼저 금반지, 그것도 열 돈을 드린 큰아들입니다."

"와아!"

사촌형이 일어서서 인사하자 축하객들의 박수가 쏟아졌다. 뒤를 이어 사회자가 또 한 번 소개했다.

"그다음은 태국 여행권을 드린 작은딸입니다."

사촌누나가 일어서며 하객들에게 인사했다.

짝짝짝!

다시 한 번 박수 소리가 울린다.

유천은 그 꼴을 유심히 바라볼 뿐이다.

그렇게 하나둘 소개하자 결국 테이블에서 안 일어난 건 유천과 어머니밖에 없었다.

어머니는 영 안절부절못하는 표정으로 큰언니를 바라봤다.

"언니, 제가 미처……."

"괜찮다."

큰이모의 싸늘한 목소리가 들리자 유천은 그것을 그냥 보고 넘길 리가 없었다.

유천이 손을 번쩍 들며 사회자에게 말했다.

"사회자님, 저에게도 마이크를 좀 주십시오."

"누구신지요?"

"조카입니다."

"아, 그래요? 이쪽으로 나오시죠."

사회자는 멋도 모르고 유천을 불러들였다.

유천은 밖으로 나가 마이크를 잡자마자 하객들에게 꾸벅 인사했다.

"칠순을 맞이하신 큰이모님의 만수무강을 빕니다."

"와아!"

함성 소리가 들렸으나 유천은 다음 말을 서둘렀다.

"급하게 오느라 미처 선물을 준비 못해서 약소하게나마 천만 원을 준비했습니다."

"오오!"

적지 않은 돈에 하객들이 놀라는 순간 유천의 다음 말이 이

어졌다.

"그런데 우리 큰이모님이 워낙 성정이 좋으셔서 그 돈을 불우이웃 돕기에 기탁하실 겁니다. 그렇지 않습니까, 큰이모님?"

하객들의 시선이 쏠리자 큰이모는 묘한 표정으로 변해 어쩔 수 없다는 듯 고개를 끄덕였다.

"자, 여러분, 박수 주십시오!"

유천이 소리치자 하객들이 일제히 박수를 치기 시작했다.

짝짝!

모든 하객에게 큰 환영을 받은 후 자리에 돌아온 유천이 싱긋 웃으며 큰이모에게 말했다.

"큰이모, 복 받으실 겁니다."

말하는 순간 다른 친척들의 얼굴을 보니 다들 마치 뭐 씹은 듯한 표정이다.

유천이 조용히 물을 들이켜는 순간 옆에 앉아 있던 사촌누나가 조용히 한마디 한다.

"돈 좀 벌었나 보네?"

"그럼요. 많이 벌어야죠. 이건 번 것도 아닙니다. 더 벌 겁니다."

"그래?"

"그런데 누나."

"어, 말해봐라."

사촌누나가 귀를 기울이자 유천이 차갑게 한마디 했다.

"그때 가서 절대 절 찾아오시면 안 돼요."

"뭐라고?"

"절대요."

순간 사촌누나의 얼굴이 성난 고양이처럼 변했으나 유천은 신경도 쓰지 않고 어머니에게 조용히 말했다.

"축하 많이 하셨죠?"

"그, 그래."

"이만 돌아가시죠. 어머니 몸도 피곤하신데."

"그, 그럴까?"

어머니는 영 어색한 분위기에 힘들었다가 반가운 모양이다. 유천은 바로 친척들에게 고개를 돌리며 말했다.

"어머니가 아직 병환이 제대로 낫지 않아서 먼저 자리를 떠야겠습니다. 그럼."

유천은 정중히 인사한 후 어머니와 함께 자리를 떴다.

순간 어리둥절한 하객들의 시선이 집중됐으나 유천은 신경 쓰지 않고 어머니를 부축해 앞으로 나갔다.

그렇게 식장을 거의 벗어날 무렵, 어머니가 한쪽을 가리키며 말했다.

"저기 영수가 와 있구나."

"영수요? 어, 그러네요."

유천이 바라보니 뒤쪽 탁자에 외사촌 동생인 박영수와 식구들이 앉아 있는 모습이 보인다.

보나마나 큰이모 식구들의 푸대접으로 뒤쪽 자리에 앉아 있음이 분명했다.

어머니는 다음 순간 유천이 모르는 한 가지 일을 떠올렸다.

"영수 저 녀석이 가끔 와서 5만 원씩을 주고 갔어."

"5만 원이요?"

돈이 문제가 아니었다.

유천도 박영수의 집안 형편을 대충 알고 있었다. 그런데 5만 원씩 몇 번이나 줬다는 것은 정이었다.

그 마음이 들자마자 바로 어머니에게 말했다.

"잠시만 기다리세요."

"그래."

유천은 곧장 박영수에게 다가섰다.

"오랜만이다."

"형님."

박영수가 반가운 듯 자리에서 벌떡 일어섰다.

"너 나중에 연락할 테니까 한번 만나서 이야기 좀 하자."

"그러죠, 형님."

"그리고 어머니 병원에 있을 때 고마웠다."

"아뇨, 제가 많이 드리지도 못하고……."

박영수의 말에 유천이 어깨를 툭툭 쳤다.

"자식, 정말 고맙다. 그리고 감사합니다."

유천은 박영수의 식구들에게 깊이 고개를 숙였다. 다들 굳어 있다가 유천의 출현에 표정이 확 풀어졌다.

"유천아."

"나중에 인사 가겠습니다."

"그래라."

인사를 마치고 다시 돌아온 유천이 어머니에게 말했다.

"오늘 어떠셨어요?"

"음. 그렇게 기분 좋진 않구나. 그냥 그래."

"터가 더러워서 그래요."

"뭐?"

"하하!"

유천이 환하게 웃으며 식장을 나섰다.


차에 오르자 시동을 거는 척하던 유천이 말했다.

"어머니, 이상하게 가슴이 시원한데요?"

"나도 시원하구나."

"네?"

뜻밖의 대답에 유천이 깜짝 놀라자 어머니가 말했다.

"앓던 이가 쏙 빠진 기분이야."

"정말요?"

"그래."

"푸하하하하!"

유천이 호탕하게 웃었다.

어머니의 솔직한 말을 들으니 이렇게 기분 좋을 수가 없었다.

어머니도 말은 안 했지만 자신이 어떤 대우를 받았는지 잘 알고 있었다.

그런데 오늘 유천이 화끈하게 뒤집어엎자 기분이 좋은 모양이다.

"어머니, 우리 앞으로 이렇게 사는 겁니다."

*끄덕끄덕.*

어머니는 더 이상 말하지 않고 고개만 *끄덕*였다.

"어머니, 저 키우느라 얼마나 고생하셨어요? 그거 다 보상받으셔야 됩니다."

"……"

유천의 한마디에 어머니는 묵묵히 창밖만 바라볼 뿐이다.

'잘 갔다 왔어.'

이번 칠순잔치에 온 것이 새삼 기분 좋아진 유천의 얼굴이 점점 더 밝아졌다.


어머니 일을 해결하고 다시 공부에 열중하려던 유천은 이상한 불안감에 휩싸였다.

처음엔 대수롭지 않게 넘기려 했으나 책이 눈에 안 들어올 정도가 되자 심각한 얼굴로 변했다.

"뭐지?"

아무리 생각해도 별다른 일이 없었다.

"혹시."

유천은 얼른 옷을 갈아입고 TOP 치킨집으로 향했다. 천천히 치킨집을 둘러보던 유천은 순간적으로 섬뜩한 느낌이 들었다.

처음에는 그저 잘못 느낀 거라 생각하고 무시했는데 점점 더 기분이 묘해져 갔다.

"이건 뭐지?"

유천이 고개를 갸웃거리자 김진수가 멋도 모르고 다가섰다.

"왜 그래?"

"아니야. 잠시 나 혼자 좀 있을게."

유천은 곧바로 TOP 치킨 밖으로 나가 예리한 시선으로 주위를 둘러봤다.

아무리 봐도 손님도 많고 여전히 장사는 괜찮은 편이다. 그런데 왜 이런 느낌이 드는지 이해할 수가 없었다.

그러나 신경 끄고 넘어가긴 뭔가 찝찝했다.

전쟁터에서 받았던 느낌.

정확히 그때의 기분이 들었다.

한참 동안 지켜보던 유천은 결단을 내렸다.

찝찝한 기분으로 계속 바라보느니 이참에 정리할 생각이다.

어차피 치킨 사업으로 인생을 마감하고 싶은 생각도 없었기 때문에 한결 편했다.

결정을 내린 유천이 안으로 들어가 김진수를 찾아갔다.

"진수야, 할 말이 있다."

"무슨 말?"

"이거 접자."

"접다니? 설마 치킨집을 접는다는 말이야?"

김진수의 눈이 커졌으나 유천은 덤덤하게 고개를 끄덕였다.

"그래. 다른 거 하자고."

"너 미친 거 아니야?"

김진수가 대들 듯 얼굴을 들이밀었다.

"무슨 소리야?"

"이리 잘되는 가게를 접는 사람이 어디 있어? 벌 때 쫙쫙 벌어야지."

"느낌이 안 좋아."

"그걸 지금 말이라고 해? 느낌 때문에 잘되는 가게를 접는다는 거야?"

김진수가 펄펄 뛰었지만 유천의 태도는 변하지 않았다.

"그만두고 싶다."

"난 못해."

"이 가게 내가 차린 거야."

"너 그거 때문에 지금 유세하는 거야?"

김진수가 서운한 눈빛을 보냈다. 유천은 그런 눈빛에도 흔들리지 않았다.

"그만두자."

"그럴 수 없어. 차라리 나한테 가게를 넘겨."

"그게 말이야……."

몇 번이고 설득했지만 김진수는 요지부동이었다. 하긴, 자신이 상대의 입장이라도 똑같은 말을 할지도 몰랐다.

한참을 생각하던 유천이 마음의 결정을 내렸다.

'그래, 잘되면 저놈 복이고.'

그 마음이 들자 유천이 고개를 끄덕였다.

"그래, 초기 투자비만 돌려주면 돼."

"과부 땡빚을 내서라도 해줄게. 3일 정도 걸릴 거야."

김진수가 정말 서운하다는 목소리로 말했다.

그 서운한 마음이야 모르는 바가 아니지만 유천은 마지막으로 한마디 더 했다.

"미련 버리고 나랑 같이 다른 거 하지."

"그럴 생각 없다니까."

단호히 말하며 주방 쪽으로 돌아가는 김진수를 보고 유천은 고개를 저었다.

"틀렸으면 좋겠는데."

느낌이 틀렸으면 좋겠단 마음이다.

속 편한 것이 좋았지만 아무래도 켕기기는 마찬가지였다.


3일 후, 약속대로 김진수가 투자 금액 전액을 가져왔다.

"이제 넘겨."

"어디서 구한 거야?"

"미친놈, 여기 눈독 들이는 사람이 얼마나 많은데. 다른 투자자 구했어."

"……."

유천은 더 이상 말하지 않고 부동산에 가 인수인계 절차까지 깨끗하게 마쳤다. 이전 서류를 김진수에게 주자 말한다.

"유천 너, 후회할 거야."

"후회 안 해. 설령 이 치킨집이 잘된다고 하더라도 후회는 안 해."

"도대체 뭘 하려고?"

"무조건 열심히 해라."

유천이 덕담을 건네자 김진수가 약간은 미안한 얼굴로 변했다.

"잘되는 가게를 뺏은 것 같아 기분이 안 좋다."

"아니야. 내가 준 거잖아. 친구 잘되면 나도 좋지."

"뭐, 그럼 좋고."

김진수가 활짝 웃는다. 지금의 입장에서는 그의 표정이 모든 것을 대변하고 있었다.

잘되는 가게를 자신의 소유로 한다는 게 얼마나 기쁜 일인가.

그 얼굴 표정 하나만으로도 다 알 수 있었다.

유천은 싱긋 웃으며 진지하게 말했다.

"떼돈 벌어라."

"많이 벌게."

김진수가 환한 표정으로 말했다.


그러나 유천의 예감이 적중하는 덴 불과 일주일밖에 걸리지 않았다.

김진수가 얼굴이 새파랗게 질려 유천을 찾아왔다.

"유천아, 큰일 났어."

"무슨 일?"

"조류독감 소문 들었지?"

"그런데?"

유천의 대답에 김진수가 목이 타는 듯 갈라진 음성을 토해 냈다.

"손님이 확 줄었어. 조류독감 창궐 소식에 치킨집이 텅 비어가."

그제야 사태를 깨달은 유천이 한마디 했다.

"타격이 커?"

"말도 마. 투자했던 사람이 찾아와 고함치고, 머리 아파."

"내가 전에 경고했잖아? 느낌이 싸하다고."

"설마 했지. 무슨 묘수가 없을까?"

"글쎄."

유천도 별다른 방법이 없었다. 침통한 얼굴로 바라보던 김진수가 벌떡 일어섰다.

"나 갈게."

"어딜?"

"가게 가서 어찌 해봐야지."

"애써봐라."

유천도 속수무책이기에 그저 위로할 뿐이다.

친구인 김진수를 생각하면 예감이 맞았단 기쁨을 즐길 여유는 없었다.


기분도 그래서 오랜만에 집에 온 유천은 아침을 일찌감치 챙겨 먹으려 어머니와 밥상에 마주 앉았다.

어머니가 근심스러운 얼굴로 조심스럽게 물었다.

"요즘에 장사는 잘되니?"

"그렇죠, 뭐."

"요즘 조류독감 때문에 힘들지 않아?"

역시 예상했던 질문이다. 유천은 어깨를 쫙 펴고 소리쳤다.

"걱정하지 마세요. 잘된대요!"

"그럼 다행이고."

말은 그렇게 하면서도 어머니는 걱정스러운 표정이다.

유천은 어머니 앞에서 이것저것 자질구레한 이야기를 털어놓고 싶은 마음이 없었다. 해봐야 근심만 더해지고 병이 재발할지도 모르는 일이다.

어차피 바뀌는 현실이 없을 바에야 솔직히 말하지 않는 것이 현명했다. 공연히 말해봐야 화만 키울 뿐이다.


하루 이틀, 한 달이 다 되어가도 상황은 점점 악화일로를 걸을 뿐이다.

결국 김진수는 두 달 동안 발버둥친 끝에 문을 닫고야 말았다. 결국 김진수가 두 손 들고 유천을 찾아왔다.

유천은 말없이 진수를 근처 포장마차로 데려갔다.

연신 소주잔을 비우던 김진수가 통한의 한마디를 내뱉었다.

"털었어."

"후."

"조… 류… 독감!'

김진수의 처절한 절규가 포장마차 소주병에 담겼다. 같이 소주를 마시던 유천이 눈치 끝에 한마디 했다.

"미안하다. 나만 빠져서."

"이게 어째 네 탓이야. 내 재수가 없는 거지. 마시자고."

"그래."

"하는 일마다 왜 이런지 모르겠어."

"마셔라."

김진수의 취기 어린 한탄에 유천은 묵묵히 소주만 들이켰다.

예감.

틀리기 바랐지만 속상하게도 정확히 들어맞았다. 남몰래 한숨을 내쉰 유천이 김진수의 술잔에 술을 따랐다.

연달아 마시는 김진수다.

유천도 소주를 입에 털어 넣으며 김진수를 바라봤다.

괜찮은 친구다.

다만 고집이 세고 욕심이 많은 것이 단점이라면 단점이다.

'세상에 돈 싫은 놈은 없지.'

내심 중얼거리던 유천은 결정했다.

이대로 김진수에게 몇 푼 쥐어주는 건 독이다.

"진수야."

"왜?"

술 취한 목소리로 대답하는 김진수에게 유천이 냉정하게 말했다.

"당장은 어떻게 할 방법이 없어."

"나도 알아."

"잠시 고생하고 있어라. 다른 일을 시작하면 같이 하자."

"뭐? 아냐."

김진수가 고개를 저었다.

"왜?"

"내가 무슨 면목으로 네 도움을 받나? 한 번이면 충분해."

김진수의 말이 유천은 듣기에 좋았다.

"기다려 봐. 대신 이번엔 내가 사장이고 넌 직원이야."

"알아서 해."

김진수의 목소리에 힘이 빠졌다.

"자식, 나중에 기뻐할걸."

"술이나 줘."

김진수는 술에 진탕 취하고 싶은 모양이다.

두 시간 후, 완전히 뻗은 김진수를 모텔에 재운 유천은 집
으로 향했다.

"조금만 고생해."

유천의 생각은 간단했다.

은혜는 백배로.

그 마음은 여전했다.


며칠 후, 휴대폰이 울자 유천이 받아 들었다.

"여보세요?"

―어, 나 성진이야.

"웬일이야?"

―만나서 이야기 좀 하자.

"뭐, 그러자."

유천은 별다른 생각 없이 승낙했다.

휴대폰을 주머니에 넣은 유천은 약속 장소를 향해 부지런히 움직이기 시작했다.

30여 분 후 유천은 약속한 커피숍 안에 들어섰다.

"여기야."

저 멀리서 정장을 말쑥하게 차려입은 박성진이 부르는 소리가 들린다.

유천은 천천히 다가가 맞은편 자리에 앉았다.

"무슨 일이야?"

유천이 묻자 박성진이 심각한 표정으로 말했다.

"치킨집 망했다며?"

"그랬다더라."

"남의 일처럼 얘기하네?"

"뭐, 망한 건 망한 거니까."

"이제 뭐할 거야?"

박성진이 묻자 유천이 어깨를 살짝 흔들었다.

"글쎄. 차차 생각해 보려고."

"별로 할 거 없으면 우리 회사 건축 현장 쪽에서 일할래?"

"현장? 하는 일이 뭔데?"

"이사님 자가용 운전사."

박성진의 말에 유천이 피식 웃었다.

"호의는 고맙지만 생각 없다."

"월급도 세. 월 300은 줄 거야."

"생각 없다니까."

유천이 말하자 박성진이 바짝 다가와 앉았다.

"자존심 따질 때가 아니잖아. 뭐라도 해서 벌어야지."

"벌긴 벌어야 하지만 그건 아닌 것 같아."

잠깐 침묵하는 박성진을 보고 유천이 물었다.

"그런데 갑자기 왜 이런 제의를 하냐?"

"너 먹고살 거 마련해 주려고."

"단지 그뿐만은 아닌 것 같은데?"

유천이 슬쩍 넘겨짚자 박성진의 표정이 굳어졌다.

"그게 아니라면 뭐야?"

"털어봐. 무슨 일인데?"

유천이 다시 되묻자 박성진이 잠깐 심각한 표정으로 있더니 천천히 입을 열었다.

"난 유천 네가 좋으면서도 싫어."

"그건 또 무슨 소리야? 좋으면 좋고 싫으면 싫은 거지."

"고등학교 때 네 도움 받은 건 참 좋은 일인데, 싫어."

유천이 침묵하며 바라보자 박성진이 속마음을 털어놨다.

"어릴 때 그 기억이 평생 날 괴롭혀. 그때 넌 참 당당했지."

"당당하긴 뭐가 당당해?"

"너는 친구들 앞에서도 당당하게 얘기했잖아. 그 모습이 참 좋으면서도 싫었어."

그제야 유천은 박성진의 마음을 짐작할 수 있었다.

"속 좁게 왜 이래?"

"너한테 이런 걸 해주면 좀 풀릴까 싶어서."

"그런 거 안 해줘도 풀린다."

"안 풀린단 말이야."

박성진이 얼굴을 일그러뜨렸다.

유천은 박성진의 마음을 100% 이해할 순 없었다. 하지만 조금은 짐작이 가는 부분이 있다.

"성진아."

"왜?"

"과거는 머릿속에만 있는 거 알아?"

"그 머릿속이 날 미치게 하잖아. 지금의 나, 그때 그 비겁했던 내가 생각나서 미칠 지경이야."

박성진이 머리카락을 흐트러뜨리자 유천이 얼른 옆으로 옮겨 앉았다.

"자식, 지금 넌 잘나가잖아."

"몰라. 모르겠어. 정말 안 할 거야?"

"하고 싶은 생각 없어."

"나중에 생각나면 연락해. 나 먼저 간다."

박성진이 커피숍을 나갔다.

유천은 고개를 갸우뚱거렸다.

"도대체 저놈은 뭐야?"

어느 정도 짐작은 갔지만 확실하게 박성진의 마음을 알 수는 없었다.

그러나 한 가지는 분명했다.

박성진이 자신을 믿고 솔직하게 얘기했단 점이다.

"자식, 고등학교 때 생각을 아직도 생각하고 있어."

유천은 혼자 남아 앞에 있는 카푸치노를 말끔히 비운 후에야 자리에서 일어섰다.

박성진에 대한 기억은 이미 지웠다.

여러 가지 일을 겪자 점점 더 돈이란 괴물을 발아래 짓뭉개고픈 충동이 강해졌다.

자본이 있어야 움직일 수 있는 것이 한국의 현실이다.

"어디서 돈벼락 안 떨어지나?"

속절없는 푸념조차 쉽게 나왔다.

# 4장
## 어두운 손, 골치 아픈 손

그날 저녁 터덜터덜 집으로 돌아오던 유천은 심상치 않은 낌새를 눈치챘다.

"이건 또 뭐야?"

누군가 몰래 따라오는 것이 분명했다.

거리가 멀어 눈으로 보이지는 않았지만 유천은 점점 더 확신했다.

이대로 집으로 간다는 건 위험을 초래할 뿐이다. 어머니를 생각한 유천은 생각을 바꿔 먹고 곧바로 방향을 틀어 근처에 있는 야산으로 올라섰다.

시간은 일몰 시간이 거의 다가왔기에 주위에 인적은 없었다. 거기다 등산로를 피해 올라온 터라 더더욱 사방이 조용했다.

오솔길을 따라 올라가던 유천은 가느다랗게 들리는 발자국 소리를 들었다.

'하나, 둘, 셋.'

모두 세 명이었다. 그러나 세 명이 전부라고 확신하진 않았다.

모른 척 길을 재촉한 유천은 야간 중턱에 올라서서 주변을 둘러봤다.

산으로 둘러싸여 있는 곳이라 마을과는 한참 떨어진 곳이다. 당연히 여기서 무슨 일이 벌어진다면 그 누구도 알기 힘들다.

유천은 조용히 누군가를 기다렸다.

그렇게 5분쯤 기다렸을까?

앞쪽에서 세 사람이 불쑥 나타났다.

아직 어둠이 짙게 깔리지 않은 터라 얼굴을 한눈에 구분할 수 있었다.

"한국인이 아니네."

유천이 혼잣말처럼 중얼거렸다. 유천의 말대로 나타난 자들은 시커먼 얼굴, 그리고 날카로운 눈매를 가진 세 명의 남자였다.

첫눈에 봐도 중동 쪽 남자들이었다.

세 사람은 유천을 보고 히죽 웃음을 터뜨렸다.

"흐흐."

까만 얼굴에 하얀 얼굴이 드러나자 더더욱 섬뜩한 느낌이다.

그들은 유천 쪽으로 천천히 다가섰다.

철컥.

손에서 시퍼런 칼날이 보인다.

유천은 눈으로 보면서도 전혀 흔들리지 않았다.

대신 혹시나 하는 마음으로 아프가니스탄 언어로 물어봤다.

"누구야?"

"어? 우리나라 말 아네?"

상대에게서 곧 답이 들렸다.

유천은 자신의 짐작이 맞았다는 생각에 눈빛을 빛내며 그들에게 물었다.

"왜 날 따라왔지?"

"조용히 우리를 따라가면 손끝 하나 다치지 않아. 어때?"

"별로 안 내키는데?"

"그러면 좀 흠집이 난 채로 가야지."

말투 하나만 봐도 정상적인 삶을 사는 인간들이 아니었다. 유천은 짧은 시간 그들의 정체가 무엇인지 생각해 봤다.

아프가니스탄에서 돈 빌러 온 사람들, 그 외에는 판단하기 힘들었다.

세 사람은 곧 능숙한 자세로 유천을 둘러싸고 세 방위를 점령했다.

손끝 하나만 봐도 꽤나 전문가적인 냄새가 풍겼다. 유천은 그들의 눈빛을 바라보면서 태연하게 물었다.

"왜 날 데려가려 하지?"

"그런 건 알 거 없잖아."

"누가 의뢰했나?"

"그것도 알 거 없어. 순순히 따라가지 않을 거면 맛을 보여 줘야지."

휙!

말과 동시에 한 남자가 칼을 휘두르며 다가섰다.

슉.

칼 휘두르는 폼이 절대 아마추어는 아니었다.

짧고 간결한 동작으로 휘두르는 칼에는 나름 절도가 있었다. 칼깨나 휘둘러 본 인간이 분명했다.

유천은 자신을 향해 다가오는 칼날을 보면서도 평정을 유지했다. 뛰어난 동체시력에 반응 속도가 빛을 발했다.

휙!

드디어 유천의 어깨 쪽으로 칼날이 들어왔다.

툭!

유천은 상대의 손을 잡고 바로 다리로 얼굴을 후려쳤다.

픽!

"욱!"

단 한 방이었지만 유천의 강한 힘이 실린 터라 치명적인 일격이었다.

유천은 이미 땅에 쓰러진 남자를 보며 고개를 갸웃거렸다.

"허당이네."

그들이 전문가라 하나 유천에게 당하기는 힘들었다.

유천이 능력을 얻기 전이라도 해치울 수 있을 정도였다.

"이 자식이!"

지켜보던 두 명이 미친 듯이 칼을 휘두르며 달려들었다. 유천은 그들의 동작을 보며 슬쩍 뒤로 물러섰다.

칼날은 다가설 수 있는 한계라는 게 있다.

유천이 손과 칼끝의 길이를 생각하며 살짝 물러서는 통해 허공에서 칼날만 휘두르는 두 사람이다.

"이 새끼가!"

분노에 찬 차가운 음성과 함께 두 사람이 미친 듯이 달려들었다.

이제는 심장과 머리를 정확히 노리는 동작이다.

유천은 앉은 자리에서 몸을 핑그르르 돌렸다.

"어?"

얼떨떨한 사이 유천이 두 손으로 뒤통수를 향해 사정없이 내려쳤다.

퍼벅!

둘이 힘없이 쓰러지는 순간이다.

휘익!

어디선가 날아오는 작은 무언가가 보였다. 그것은 유천의 가슴팍으로 정확히 날아왔다. 살짝 눈빛이 변한 유천이 아주 짧게 몸을 돌렸다.

"헉!"

유천은 잠시 비틀거리더니 힘없이 쓰러졌다.

그리고 잠시 후 나무 뒤에서 한 남자가 나타났다.

역시 똑같은 용모의 남자는 뒷짐을 진 채 유유히 걸어왔다.

유천의 옆으로 다가와 그는 수갑을 꺼내 들었다.

그때 유천이 번개같이 일어나며 남자의 오른손을 잡아갔다.

"아!"

남자는 서둘러 뒤로 피하며 왼팔로 유천의 얼굴을 후려쳐왔다.

유천이 흠칫해 뒤로 슬쩍 물러서는 순간이다.

"어떻게!"

남자는 믿을 수 없다는 표정이다.

"아, 이거?"

유천은 조그마한 주사기를 꺼내 들었다.

"마취총이야."

"어떻게?"

"겨드랑이에 끼웠지."

유천의 말에도 남자는 흔들림이 없었다.

유천은 그의 모습에서 어딘지 모르게 익숙함을 느꼈다.

'어디서 저런 느낌을?'

잠깐 생각하던 유천이 화들짝 놀랐다.

어느새 남자가 팔을 앞으로 내민 채 유천에게 한 걸음 다가섰다. 두려움보다 눈에 익은 동작이다.

'저건.'

분명히 저건 꿈속에서 싸웠던 거인의 기세와 비슷했다.

덩치만 비슷할 뿐 앞에 있는 남자는 그와 똑같은 동작을 취하고 있다.

'이것 봐라?'

유천은 그제야 기억이 떠올랐다.

적이 있었다.

유천의 피가 끓어오르는 순간이다.

한편으로는 꿈속에서 그토록 당했던 거인에 대한 적개심이 치밀어 올랐다.

"너 이 새끼, 잘 걸렸어!"

유천이 차갑게 소리치자 남자가 어리둥절해하며 말했다.

"날 아나?"

"잘 알지, 이 개새끼야."

유천이 다가서자 남자가 폭풍처럼 몰아치기 시작했다.

타다다닥!

벼락같이 휘몰아치는 주먹과 발길질을 유천은 능숙한 동작으로 받아쳤다.

꿈속에서 수없이 싸운 그 동작을 기억하는 이상 한 대도 맞을 리가 없었다.

거기에 동체시력과 반응 속도가 남달라 그리 힘든 싸움도 아니다.

거센 공격을 퍼부어대던 남자가 순간적으로 당황한 표정을 짓는다.

"어, 어떻게?"

그가 봐도 유천의 동작은 참으로도 매끄럽고 절도가 있었다. 남자는 커다란 나무도 부러뜨릴 정도의 강한 힘을 가지고 있었다.

하지만 유천은 슬쩍 흘리면서 충격을 최소화시키고 있었다.

또한 그 정도 충격이라면 유천에게는 아무런 해도 끼치지 못한다.

남자가 몇 번을 공격하다 드디어 동작을 바꿔 바람개비처럼 휘몰아쳤다.

타다다닥!

발과 주먹이 날아오는 순간 유천은 각도를 맞춰 막아갔다.

시간이 갈수록 유천의 손과 발도 눈에 보이지 않을 정도로 움직이기 시작했다.

때려눕히려면 가능한 일이지만 유천의 머리는 다른 쪽으로 돌았다. 그냥 해치울 상대가 절대 아니었다.

어떤 자인지 꼭 알아내야 할 이유가 있었다.

"헉헉!"

한참 공격하던 순간 남자가 지친 듯 슬쩍 뒤로 물러섰다.

'위험해.'

유천은 위험 신호를 감지하고 바로 따라붙었다. 남자가 손을 주머니에서 막 꺼내려는 순간 유천의 발이 움직였다.

"이런!"

남자가 뒤로 피하는 순간 유천은 벼락같이 휘몰아쳤다. 오른발이 남자의 옆구리를 정통으로 가격했다.

"컥!"

비틀거리는 남자의 동작과 상관없이 유천은 상대의 오른손을 잡고 사정없이 비틀었다.

부드득!

뼈가 탈골되는 소리와 함께 남자가 작은 신음을 토했다.

"윽!"

고된 훈련을 받은 탓인지 큰 비명은 터지지 않았다. 상상할 수 없는 고통일 텐데 남자는 참는 모양새다.

퉁!

그제야 땅에 떨어지는 것은 소음기가 끼워진 권총이었다.

총을 보자 유천의 분노가 하늘을 찔렀다.

"새꺄, 한국에서 권총 소지는 불법이야."

유천은 벼락같이 나머지 상대 왼손을 잡아 거칠게 비틀었다.

우드득!

왼팔까지 탈골되는 순간 남자가 인상을 구겼다. 유천은 나머지 두 다리마저도 정상적으론 절대 꺾이지 않는 방향으로 돌렸다.

우득!

"큭!"

그제야 남자는 고통스러운 듯 이마에 진땀을 흘리며 힘없이 널브러졌다.

이미 손과 다리가 탈골된 터라 꿈쩍도 하지 못하는 처지이다.

그제야 여유를 찾은 유천은 총을 집어 들고 남자의 이마에 들이댔다.

"이걸로 날 쏘려고 했나?"

"……."

남자는 진땀을 흘리며 유천을 바라볼 뿐이다.

유천은 총을 옆으로 던져놓으며 남자에게 물었다.

"누가 보냈지? 왜 날 건드리는 거야?"

"······."

아무런 대답도 없다. 유천은 그럴 줄 알았다는 듯이 웃으며 말했다.

"사람 몸에는 참 건드리면 아픈 뼈들이 많아. 여기."

바로 어깨뼈 근처를 살며시 눌렀다.

딱!

뼈 부러지는 소리와 함께 남자가 비명을 지른다.

"윽!"

"뭘 이거 가지고 그래? 아직도 부러질 뼈가 많은데. 천천히 해보자고. 아직 새벽은 멀었어."

말함과 동시에 유천은 사정없이 양손으로 뼈 두 개를 눌렀다.

딱! 딱!

뼈 부러지는 소리에 남자가 참혹하게 비명을 질렀다.

"으악! 그만!"

"내가 그만하는 길은 네가 털어놓는 방법뿐이야. 아직 멀었지?"

유천은 냉정하게 말하며 뼈를 하나씩 부러뜨리기 시작했다.

남자의 이마에서 진땀이 흐르고 온몸을 부르르 떨기 시작했다.

그렇게 몇 개를 부러뜨렸을까?

남자의 입에서 고함이 들렸다.

"그, 그만!"

"말할 거야?"

"차라리 죽여라!"

"죽이는 건 나중 얘기고."

유천은 그 말을 끝으로 뼈 두 개를 더 부러뜨렸다.

"으으윽!"

형용할 수 없는 고통에 남자가 신음하는 순간이다.

유천은 옆에 쓰러져 있는 다른 남자의 옷을 찢었다.

찌직!

찢은 옷으로 입을 틀어박았다.

"혀 깨물면 곤란하잖아. 아직 부러질 뼈가 많은데. 혹시나 마음 변하면 고개만 끄덕여."

유천은 빙긋 웃으면서도 하나씩하나씩 뼈를 부러뜨려 나갔다. 그 모습이 더욱 섬뜩한 기분을 선사했다.

부드득!

말없이 뼈만 부러뜨리는 유천과 고통에 몸부림치는 남자.

묘한 앙상블을 이루고 있다.

그렇게 10여 분이 흘렀을 무렵, 남자가 정신없이 고개를 끄덕였다.

유천은 천천히 입을 막았던 옷가지를 끄집어냈다.

"자, 하고 싶은 말이 있으면 해."

"지시를 받았다."

"누구에게?"

"그건 나도 모른다."

남자가 고개를 젓자 유천이 다른 걸 물었다.

"그건 좋고, 이 기술은 어디서 배웠지?"

"열 살 때 누가 가르쳐 줬다."

"그 사람이 누구야?"

"모른다."

다시 원점으로 돌아갔다. 유천은 잠깐 남자를 보곤 이해했다.

저자는 지금 거짓말을 하고 있지 않단 확신이 들자 빈틈을 찾아 파고들었다.

"모르다니 그게 무슨 말이야?"

"얼굴은 알지만 나머지는 아무것도 모른다."

"어떻게 생겼어?"

"그게……."

남자는 고통에 질린 듯 천천히 털어놓기 시작했다.

이야기를 가만히 듣던 유천이 다시 물었다.

"나를 어디로 데려가려고 했지?"

"차로 십여 분 거리에 화이트 펜션이라고 있다. 그쪽 205호 실에 갖다 놓으면 내 임무는 끝이다."

"좋아, 그럼 저놈들은 뭐야?"

유천이 손가락으로 쓰러진 세 명을 가리키자 남자는 체념한 듯 천천히 털어놓았다.

"불법 체류자들인데, 가끔 일을 도와주는 역할을 한다."

"어떤 일?"

"청부 폭력, 납치."

"용케 안 걸렸네?"

뉴스에서 외국인 불법체류자의 악행을 들은 적이 있다. 남자는 묻지도 않은 이야기까지 술술 털어놨다.

"신분이 없으니까 범행이 드러나지도 않는다."

"장하다, 새꺄."

"이제 날 어떻게 할 거지?"

남자가 두려워하는 표정으로 묻자 유천이 목을 잡고 사정없이 꺾었다.

"이렇게."

뿌득!

목이 꺾이며 남자가 잠시 분노에 찬 시선을 보냈지만 결국 고개가 축 늘어졌다.

유천은 이미 결정을 내린 상태였다.

공연히 쓸데없이 인정을 베풀었다가 후환을 자처할 필요는 없었다.

남자가 죽은 것을 확인한 유천은 세 놈에게 천천히 다가섰다. 세 놈은 이미 정신을 잃은 채였다.

유천은 아무런 주춤거림 없이 세 남자의 목을 비틀었다.

두두둑!

모조리 죽은 것을 확인한 유천은 주변을 훑어봤다. 마침 인적이 드문 곳이라 낙엽이 수북이 쌓인 곳이 많았다.

"니들에겐 여기도 명당이야."

차갑게 비웃던 유천은 한 명씩 질질 끌고 가 던져 버렸다. 그리고 다시 낙엽을 덮어버리자 깔끔하게 변한 모습이다.

등산로가 아니라서 인적이 없는 곳이다.

설령 발견되더라도 아무런 인적 사항이 없는 외국인 불법 체류자들이기에 걱정할 이유가 없었다.

유천은 바닥의 흔적을 신발로 슬쩍 정리한 다음 빠르게 야산을 내려갔다.

한참을 뛰어 대로변으로 나온 유천은 지나가는 택시를 잡아타고 말했다.

"화이트 펜션이요."

운전기사는 다행히 화이트 펜션을 알고 있었다.

거침없이 택시가 움직이자 유천이 잠시 머리를 기대고 휴식을 취했다.


펜션에 도착하자마자 유천은 205호실을 멀리서 지켜보기 시작했다.

"누군가 오겠지."

그러나 착각이었다.

하룻밤을 꼬박 기다렸지만 아무도 나타나지 않았다. 고개를 갸웃거리던 유천은 이내 씩 웃었다.

"눈치챘나?"

오지 않는다면 더 이상 자신을 피습하라 지시한 사람이 누군지 알아낼 방법이 없었다.

유천은 자신을 노리는 사람이 있다는 것만으로도 불쾌했다.

"먼저 건드린다 이거지?"

유천은 그대로 넘어갈 생각이 전혀 없었다.

자신을 노리는 자를 용서하고 싶은 마음이 있을 리가 없다.

그러나 유천은 한 가지 찜찜한 점이 있었다.

"어디까지일까?"

저들의 실력이 어느 정도인지까지는 아직은 알 수 없었다. 더구나 자신은 노출되어 있고 상대는 어둠 속에 숨어 있다.

"골치 아프네."

유천의 눈살이 찌푸려졌다.


저녁 무렵, 집으로 돌아오는 길에 유천은 뜻밖의 방문객을 골목에서 맞았다.

"정유천 씨죠?"

"누구시죠?"

약간 신경질적인 유천의 말에 상대가 꼿꼿하게 다음 질문을 던졌다.

"외인부대 출신이시죠?"

"당신 누구야?"

유천의 신경이 점점 날카로워졌다.

"맞는군요. 긴히 할 얘기가 있습니다만."

사내는 꿈쩍도 하지 않고 유천을 바라보았다.

유천의 시선이 점점 더 매서워지며 불꽃을 튀기는 순간이다.

그런데 용모가 이국적이었다. 그제야 고개를 갸웃거린 유천이 말투를 올려 물었다. 물론 아직 경계를 완전히 푼 건 아니었다.

"날 압니까?"

"여기서 이야기하긴 그런데, 커피숍이라도 가실까요?"

"내가 왜요?"

"좋은 일입니다."

남자의 말에 유천이 잠시 망설이다가 고개를 끄덕였다.

"가봅시다."

두 사람은 근처에 있는 작은 커피숍에 마주 앉았다.

갈증이 나는지 물 한 잔을 마신 외국인이 먼저 입을 열었다.

"저는 주한 프랑스 대사관 직원입니다."

"넌 남이 말하면 곧이곧대로 믿냐?"

거센 유천의 반발에 외국인이 당황했다.

"예?"

"신분증."

유천이 손을 내밀자 남자가 허겁지겁 품속에서 신분증을 꺼냈다.

"아, 여기 있습니다."

"넌 남이 달라면 그냥 주냐?"

"네?"

"아냐."

유천이 유심히 신분증을 살폈다.

외인부대 출신이라 그런지 위조 신분증 감별은 일가견이 있었다.

아무리 살펴봐도 정확한 신분증이 확실했다. 그제야 경계심을 조금 푼 유천이 의아한 듯 물었다.

"프랑소아? 무슨 일로 날 찾아온 겁니까?"

"두 가지 때문입니다."

"하나씩 말씀하세요."

요새 심기가 불편해서인지 유천의 말투가 그리 곱게 나가지 않았다.

프랑소아는 유천의 눈치를 살피며 조심스레 입을 열었다.

"첫째는 외인부대 근무할 때 수당이 미지급된 것이 있어 드리러 왔습니다."

"미지급금? 얼마나요?"

"위험수당, 미화로 이만 달러입니다."

얼른 계산해 본 유천이 실망스런 얼굴로 변했다.

"겨우?"

"적나요?"

"별로인데요."

유천이 솔직하게 말하자 프랑소아가 얼른 화제를 돌렸다.

"두 번째는 희소식일 수도 있습니다."

"말해봐요."

"프랑스 정부에서 유천 씨를 부릅니다."

"뭐요?"

대번에 유천의 인상이 우그러졌다.

프랑스 정부라면 당연히 외인부대와 연관이 있음이 분명했다.

외인부대.

생과 사의 고비를 무수히 넘긴 곳이다.

물론 돈이야 벌었지만 어찌 보면 생명수당이나 마찬가지였다.

자고 나면 내일 죽을지도 모를 곳이었다.

그런데 그런 곳에 다시 오란 소리에 기분 좋을 리가 없었다.

유천의 눈치를 살피던 프랑소아가 얼른 말했다.

"이번엔 대우가 전에 비해……."

"가세요."

"네?"

"가라고요!"

유천 말투가 점점 거칠어지자 프랑소아가 당황한 듯 얼굴색이 변했다.

"아니, 정유천 씨."

"외인부대에 대해 잘 모르는가 본데요."

"……."

"거긴 달콤한 유혹을 건네는 악마들이 사는 곳입니다. 됐습니까?"

유천이 화를 내자 프랑소아가 긴장한 안색이다. 전직 외인부대원, 그것도 일당십의 최정예 요원이었다. 아차한 프랑소아의 등에서 식은땀을 흘렸다.

이러다 한 대 맞으면 어디 가서 하소연하기도 어렵다는 걸 알기 때문이다.

"아니, 그게……."

"관둡시다."

"외인부대 일이 아닙니다."

"그럼 뭡니까?"

유천이 사납게 묻자 프랑소아가 얼른 대답했다.

"본국 정부에서 외인부대 출신인 유천 씨를 부르는 겁니다."

"부른다?"

"절대 외인부대 일은 아닙니다."

프랑소아가 손까지 저으며 극구 부인하자 유천의 머리가 돌았다.

외인부대 일이 아닌데 프랑스 정부에서 자신을 부른다?

도무지 이해가 가지 않았다.

그냥 거절하려다 두 가지 생각이 발목을 잡았다.

아프가니스탄에 가야 했다. 정체 모를 적들에 대한 정보도 필요했고, 가능하다면 능력을 제대로 쓸 가르침도 간절했다.

꼭 있다는 보장은 없지만 밑져야 본전이란 생각이 들었다.

또한 돈도 필요했다.

없을 땐 몰랐지만 제대로 살려면 지금보다 훨씬 많은 돈이 필요했다.

그 판단이 서자 유천은 한 발짝 뒤로 물러섰다.

"생각해 보고 연락드리죠."

"부탁합니다."

다시 정중한 태도로 일어선 프랑소아가 고개를 숙이고 얼른 시야에서 사라졌다.

"거머리 같은."

집으로 돌아와 침대에 누운 유천은 깊은 고민에 빠졌다.

프랑스.

제대한 후 다시 그쪽으로는 오줌도 안 누겠다고 결심한 곳이다. 그러나 현실을 생각하자 돈이 필요했다.

"미치겠네."

궁상떨며 살고픈 사람은 세상에 한 명도 없었고, 거기에 유천도 예외는 아니었다.

그 생각이 들자 살짝 고민이 될 수밖에 없었다.

"무슨 일일까?"

자신도 모르게 중얼거렸다.

"몇 개월만 해봐?"

쉽게 내릴 결정은 아니었다.

그렇게 고민하는 사이 새벽 해가 돋았다.


다음 날 아침이 돼 유천은 집을 나서며 결심을 굳혔다. 바로 휴대폰을 들어 프랑소아에게 전화를 걸었다.

"저 유천입니다."

─아! 어떻게… 결정을 내리셨습니까?

"별 볼일 없는 말은 생략하고 본론만 말씀드리겠습니다. 보수가 얼마나 되죠?"

단도직입적인 유천의 말에 프랑소아가 잠시 말이 없었다. 한참이 지나자 프랑소아의 목소리가 들린다.

─자세히는 말씀드릴 수 없지만 상당한 액수가 될 겁니다."

"보수도 모르고 간다는 것이 말이 됩니까?"

그러자 프랑소아가 주춤거리며 말했다.

─그건 제 권한이 아니라서……

"대략적인 금액이라도 알려주십시오. 그렇게 전해주세요. 그럼 전화 끊습니다."

─아, 예. 알아보고 연락드리죠.

유천은 프랑소아의 말을 듣는 둥 마는 둥 하며 휴대폰을 껐다.

"아쉬우면 연락 오겠지."

유천은 절대 싸구려로 가고 싶은 마음이 없었다. 어차피 자신이 필요해서 부르는 거라면 한 번 더 배팅해 보는 것이 맞았다.

"물가가 좀 비싸야지."

유천은 자고 일어나면 올라가는 물가에 혀를 내둘렀다.

그리고는 기다림의 시간이다. 다행히 네 시간이 지나기 전에 곧바로 프랑소아로부터 연락이 왔다.

전화번호를 확인한 유천은 씩 웃으며 전화를 받았다.

"어떻게 됐습니까?"

─최소한 이익은 보장한다고 합니다. 언제 프랑스에 들어가실 겁니까?

제시 금액이 마음에 든 유천이 말했다.

"들어가기 전에 일단 선금으로 일억을 주시지요."

—일억이요? 예, 해드리죠.

의외로 순순히 나왔다.

"내가 먹고 튀면 어떻게 할 겁니까?"

—튀어봐야 어디로 가겠습니까?

프랑소아의 농담 어린 말에 유천이 씩 웃었다.

"송금시켜 주면 여기 자질구레한 것 좀 처리하고 곧바로 프랑스로 가죠."

—가시는 날짜를 정해주시면 비행기를 예약해 드리겠습니다.

"내 돈으로 가는 건 아니겠죠?"

유천의 말에 프랑소아의 웃는 목소리가 들렸다.

—그건 당연하죠. 업무비로 처리해 드리겠습니다.

"기왕이면 비즈니스석으로 부탁드립니다."

—조치해 드리도록 하죠.

호의적인 프랑소아의 말에 전화를 끊고 난 유천은 길게 기지개를 켰다.

"이 정도는 돼야 갈 맛이 나지."

미소를 지으며 한참을 생각하던 유천은 다시 프랑소아에게 연락해 이번엔 만났다.

"곤란한 점이 한 가지가 더 있습니다. 토익학원 등록한 건 아시죠?"

"그거까지는 파악을 못했습니다만."

"비싼 학원입니다. 그거 그만두고 가면 손해가 막심하거든
요."

"보상해 드리겠습니다."

프랑소아가 말하자 유천은 고개를 살래살래 저었다.

"학원비가 문제가 아니죠. 기회비용이라는 거 아십니까?"

"기회비용이요? 미래에 대한 투자비용 말씀하시는 겁니
까?"

역시 배운 사람답게 즉시 답이 나오자 유천은 피식 웃었다.

"맞습니다. 제가 그동안 공부만 했으면 얼마나 열심히 했
겠습니까."

"그, 그럼……."

"그런 무형의 비용은 가치가 엄청나죠. 생각을 잘 해보시
기 바랍니다."

절대 사실이 아니었다.

사실 유천은 학원을 그만둘 생각이었다. 그러나 그걸 프랑
소아에게 얘기해 줄 필요는 없었다.

프랑소아가 쩔쩔매자 유천은 아예 학원 수강증까지 들이
밀었다.

"보이시죠?"

"알겠습니다. 그 말씀도 전해드리죠."

프랑소아는 떨떠름한 표정이다.

갑자기 학원이라니, 그의 상식으로는 이해가 되지 않았다.

유천은 그의 표정에 눈치를 채고 한마디 했다.

"사람이 여러 가지를 배워야 하지 않겠습니까?"

"그거야 그렇지만……."

"거기까지입니다."

유천의 단호한 말이다.

이래도 부른다면 정말 필요한 일이다.

거기까지 생각한 유천은 프랑소아 몰래 웃었다. 기왕 갈 바엔 받을 건 한 푼도 손해 보고 싶지 않았다.

"외인부대에서 당한 게 얼만데."

작은 복수심마저 일었다.

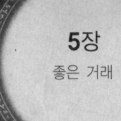

# 5장

좋은 거래

　그러나 자신이 프랑스에 간다면 어머니가 걱정이었다. 김
진수도 바쁘게 살아야 할 처지라 돌보기가 어렵다.

　더구나 간병인만 믿기기엔 영 마음이 불편했다.

　유천은 이리저리 알아본 후 곧장 집으로 가 어머니를 만났
다.

　"어머니, 드릴 말씀이 있습니다."

　"또 무슨 얘기야?"

　근심 어린 표정이자 유천은 일부러 환하게 웃으며 말했다.

　"외국에 있는 친구가 무역 거래를 좀 하자는데요."

　"치킨집은 어쩌고? 너무 일을 많이 벌이는 거 아니냐?"

"젊어서 열심히 일해야지요."

"많이 배웠으면 이리 살지 않아도 될 텐데 미안하구나."

"그게 더 다행입니다. 많이 배워 봐야 남 밑에서 월급쟁이 신세잖아요."

"그리 말해주니 고맙긴 하다만, 어미가 돼서 돈도 없고……."

"무슨 말씀을요. 어머니가 계시다는 게 제게 얼마나 힘이 되는데요. 걱정하지 마시고 아들에게 맡겨주세요."

"꼭 가야겠니?"

"그럼요. 아직 젊은데 성공해야죠. 그리고 진수도 바쁘고 하니 어머니는 잠시 요양병원에 계시는 게 어떻겠어요?"

"요양병원은 또 왜? 거기 돈 많이 드는 데 아니냐?"

역시 어머니의 걱정은 돈이었다.

'이놈의 돈.'

유천은 이놈의 돈을 한껏 벌고 싶은 마음이 다시 한 번 들었다.

하나뿐인 혈육도 돈을 걱정한다는 생각에 마음이 절로 애잔해 왔다.

"큰돈 들지 않아요. 걱정하지 마시고 외국에 있는 친구가 안 그래도 그걸 걱정해서 어머니 요양비까지 주기로 했어요."

"그렇게 고마운 친구가 있어? 한국 사람이야?"

"아니, 프랑스 사람인데요."

그 뒤로도 몇 번 어머니와 실랑이가 있었지만 결국은 유천의 주장대로 움직였다.

"그래, 언제나 돌아오니?"

"몇 달 내로 돌아오니까 너무 걱정하지 마세요. 이 아들, 꼭 성공할 겁니다."

"전에도 나 때문에 외국에 갔는데."

"이번엔 저를 위해서 가는 겁니다."

유천이 빙긋 웃었다.

그러자 어머니는 고개를 푹 숙이며 더 이상 말하지 않았다.

더 이상 이야기해 봐야 힘든 상황이 벌어질 것을 알기에 유천은 빠르게 움직였다.

"요양병원 갈 준비를 하셔야죠."

"벌써?"

"그럼요. 외국에서 빨리 오라고 난리가 아니에요. 가시죠, 어머니."

정신없이 휘몰아쳤다.

시간 끌면 요양비를 걱정해 어머니 마음이 변할지도 몰랐다.


유천은 어머니를 모시고 곧바로 알아본 요양병원으로 향했다.

"멋지구나."

가보니 역시 요양병원이란 말에 손색이 없었다. 1인 1실인 룸에는 TV를 비롯해 온갖 가전제품이 다 구비되어 있었다.

한마디로 혼자 살기에는 아무런 부족함이 없었다. 둘러보는 사이 따라 들어온 원무과 직원이 말했다.

"식사는 원하시는 대로 나옵니다. 한식, 일식, 중식으로 해 드리고 있습니다."

"좋군요. 어머니는 어떠세요?"

유천이 묻자 어머니가 고개를 끄덕였다.

"좋구나. 그런데 비쌀 것 같은데."

"얼마 안 비쌉니다."

유천은 아예 입을 막았다.

'한 달에 250만 원입니다.'

적잖은 돈이었지만 유천은 전혀 아까운 생각이 들지 않았다.

이제 세상에 남은 유일한 혈육인 어머니가 없다면 그것만 생각해도 끔찍한 일이었다.

받는 돈으로 이 정도는 충분히 할 수 있었다.

그렇게 입원 계약을 마친 후 유천은 어머니의 손을 꽉 잡았다.

"어머니, 오늘은 어머니 좋아하시는 소갈비나 먹으러 갈까요?"

"얘는, 돈을 아껴야지."

"다 먹자고 사는 거 아니겠습니까? 어머니, 가시죠."

유천은 곧바로 차를 몰고 호기롭게 서울의 유명 갈빗집으로 향했다. 헤어지기 전에 배불리 먹고도 싶었다.


어머니와 식사를 마친 유천은 곧장 토익학원으로 향했다. 마침 강의 시작하기 직전이라 수강생이 모두 예습과 복습에 여념이 없는 모습이다.

유천은 그중 미리 점찍어놓은 한 남자에게 다가섰다.

"실례합니다."

"무슨 일이시죠?"

순진한 인상을 지닌 20대 초반 학생이 반문하자 유천이 밝게 웃었다.

"전화번호 좀 얻을 수 있을까요? 저 여기 수강하는 사람이거든요."

잠시 바라보던 남자가 유천의 말에 긴장을 풀었던지 아무 말 없이 전화번호를 메모지에 적어주었다.

"그런데 무슨 일이신지……?"

"좋은 일일 겁니다."

유천은 더 이상 말을 아끼고 곧바로 다른 학생에게 다가섰다. 그렇게 점찍은 열 명에게 접근해 보았지만 전화번호를 준 사람은 세 명에 불과했다.

"세상 참 의심 많아."

유천은 피식 웃을 수밖에 없었다. 그저 전화번호 달라는데 다들 의심에 찬 눈초리로 이리저리 피하는 모습이었다.

"불신의 시대야."

유천은 고개를 흔들며 토익학원을 나왔다. 유천이 전화번호를 받으려 한 학생들은 모두 딱 한 가지 부류였다.

실력이 있고 없고는 중요하지 않았다. 다들 열심히 하는 모습이 유천의 눈에 들어온 탓이다.

유천에게 필요한 사람들이기도 했다.

"세 명이 어디야."

유천은 더 이상 무리하게 연락하고 싶은 마음은 없었다.

"다 자기 복이지."


유천은 마지막으로 이주봉에게 연락했다.

"주봉아, 얼굴 좀 보자."

통화를 마친 유천은 곧바로 움직일 준비를 서둘렀다. 그래봐야 약속 시간이 조금 남아 천천히 가도 충분했다.

해가 넘어간 지 한참 후에야 도착하자 이주봉이 곧바로 반색하며 달려왔다.

"형님."

"형이라 부르라니까 형님은."

"전 형님이 더 좋습니다. 뭐라 감사를 드려야 할지."

"쓸데없는 소리 하지 말고 식사나 하자."

유천은 주봉의 손을 잡아끌고 음식점으로 향했다.


갈비탕을 맛나게 먹고 난 후 이주봉이 민망한 듯 입을 열었
다.

"형님, 저 드릴 말씀이 있습니다."

주봉의 말에 유천이 고개를 돌렸다.

"무슨 말?"

"놀면서 돈 받자니 영 안 내킵니다."

"사람이 움츠릴 때가 있지."

"그래서 드리는 말씀인데, 인력시장에 가보려 합니다."

이주봉이 머리를 긁적거리자 유천이 어깨를 쳤다.

"주봉아."

"네, 형님."

이주봉이 정색한 유천을 보고 긴장했다.

유천은 그런 주봉에게 엉뚱한 말을 꺼냈다.

"너 우리나라 사무직에서 껄떡거리는 인간들이 1억 넘게
받는 거 알지?"

"들어서 알고 있습니다."

"그 인간들은 공부 조금 더 잘한 거밖에 없어. 그리고 운이
좋은 정도? 너도 그 정도는 충분히 받을 자격이 있어."

"그럴까요?"

이주봉이 고개를 갸웃거리자 유천이 어깨를 쳤다.

"그래."

"그렇게 생각해 주면 고맙고요. 그래도 좀 줄였으면 좋겠는데."

"여기가 내 끝은 아니야."

"끝이 아니라면 다른 사업을 계획해서 움직이시는 겁니까?"

이주봉이 눈을 반짝였다.

그도 배포 있는 남자이기에 큰 사업에 대한 기대는 아직 남아 있었다.

아무리 월급이 많아도 치킨집은 영 적성에 맞지 않아 마음에 들지 않았다.

유천은 그런 이주봉의 기대를 저버리지 않았다.

"잠깐 프랑스에 갔다 와야 될 것 같아."

"거긴 왜요?"

"사업 구상 차 간다."

"형님은 국제적으로 노십니다?"

이주봉이 감탄하자 유천이 싱긋 웃으며 말했다.

"너도 갈래?"

"저요? 같이 가도 되겠습니까?"

"아서라. 모가지가 왔다 갔다 하는 일이야."

유천의 말에 이주봉의 눈이 커졌다.

"네?"

"프랑스 정부에서 부른단다. 아마 살벌한 일일 거야."

"형님, 그런 일을 왜 하십니까?"

이주봉의 안색이 변한 걸 보고 유천이 미소를 보였다.

"사업 자금 마련해야지."

"아니, 한국에서도……."

"한국은 있는 새끼들이 다 장악하고 있잖아. 외국에서 벌어 한국에서 일을 벌여야지."

유천은 솔직하게 자신의 마음을 털어놓았다.

이주봉에게 숨겨봐야 좋을 건 없었다. 이주봉도 짧으나마 사회 물을 먹었기에 유천이 무슨 말을 하는지 충분히 이해했다.

그러나 이주봉은 한 가지가 걸린 모양이다.

"형님, 또 그럼……."

"진수가 뭐라 그래?"

"아니, 그건 아니지만 대충은 들었습니다."

"그쪽 일은 아니야."

"확실하죠?"

이주봉이 다짐하듯 묻자 유천이 고개를 끄덕였다.

"아니라니까."

"그렇다면 다행입니다. 그런데 무슨 일이 그렇게 위험합니까?"

"위험하지 않으면 누가 그렇게 큰돈을 주겠냐?"

"하긴요."

"남자로 태어나 제대로 해봐야지."

유천의 말에 이주봉이 마지못한 듯 고개를 끄덕였다.

"언제 오십니까?"

"뭐 그렇게 오래 걸리진 않을 거야. 그 말 하려고 왔어. 아, 그리고 하나 더."

"또 있습니까?"

"네 주위에 믿을 만한 놈들 있어?"

"믿을 만한 놈들이요? 어떤 사람을 말씀하십니까??"

이주봉의 눈이 번뜩이자 유천도 심각해졌다.

"같이 일할 사람 말이야. 끝까지 갈 만한 인간들."

"형님은?"

"내 주위에는 별로 없어."

유천이 씁쓸하게 웃었다.

말 그대로였다.

군대에서 대부분의 생활을 보낸 유천이 느끼는 아픈 기억이기도 했다.

이주봉도 고개를 긁적이며 말했다.

"친한 놈들은 있지만 끝까지 갈 놈들은 장담하기 힘듭니다."

"한번 잘 찾아봐. 시간은 많으니까."

유천이 싱긋 웃었다.

이것으로 한국에서 할 일은 모두 끝났다. 이젠 홀가분한 마음으로 프랑스행 비행기에 오르면 그만이다.

이주봉과 헤어진 유천은 프랑소아에게 연락했다.

"비행기 좌석 예약해도 됩니다."

—알겠습니다.

프랑소아의 답도 간단했다.

유천의 생각대로 급한 건 저쪽이었다.

불과 한 시간도 지나지 않아 프랑소아에게서 연락이 왔다.

—내일 오후 4시 비행기입니다.

"공항에서 봅시다."

유천이 짤막하게 대답하곤 휴대폰을 주머니에 넣었다.

이젠 가는 일만 남았다.

위험한 일이라지만 유천의 입장에선 아무것도 아니었다. 아프가니스탄의 늘 총탄 근처에서 지냈던 경험보다야 낫다는 마음 때문이다.

유천은 별 걱정 없이 침대에 몸을 기댔다.


다음 날 오후.

인천국제공항에 도착한 유천은 프랑소아의 도움으로 수속을 마치고 출국장으로 들어섰다.

"조심하십시오."

프랑소아의 인사는 그야말로 정중하기 이를 데 없었다. 그래도 유천은 별 반응 없이 손만 흔들고 출국장 안으로 들어갔다.

수속을 마치고 비행기 좌석에 앉아 유천은 만족한 듯 머리를 뒤로 눕혔다.

"좋네."

프랑스 정부 측에서 무슨 마음인지 비싸기로 유명한 일등석 좌석을 선뜻 내줬다. 하나만 봐도 프랑스 측에서 예우하는 수준이 느껴졌다.

유천의 입장에선 어깨 으쓱한 일이었다.

일등석 좌석에 앉자 유천은 마음이 포근해졌다.

인정받는단 사실이 싫을 리 없었다.

잠시 생각하던 유천이 이내 잠에 빠져들었다. 전보다 훨씬 강해진 성격이 어떤 상황에서도 편안한 수면으로 이끌어줬다.

자지 않는다면 길고 지루한 여행일 뿐이다.

유천은 식사 시간 한 번만 깨고 내리 꿈속에서 헤맸다.


파리 드골공항.

비행기에서 내려 입국 수속을 하러 가던 유천은 낯선 방문객을 맞았다.

단정한 복장이었지만 옷 속에 감춰진 근육만 봐도 예사 인물은 아니었다.

"정유천 씨?"

"맞습니다만."

"정보국에서 나왔습니다. 이리로 오시지요."

그가 이끈 곳은 VIP 전용 입국 통로였다. 가만히 따라가던 유천이 슬쩍 농담을 던졌다.

"출세한 것 같네요."

"이 정도는 해드려야지요."

남자가 싱긋 웃었다.

그러나 한편으론 약간 비웃는 기색도 감돌았다. 유천은 짐작하면서도 모른 척 시치미를 뗐다.

'언젠가는 볼 거야.'

그리 마음먹으니 한결 편할 뿐이다.


차를 타고 도착한 곳은 파리 외곽에 있는 커다란 건물이었다. 입구부터 건물까지 한참을 차로 가야 했다.

"여기가 어딥니까?"

"비밀입니다."

남자의 말에 유천이 입을 다물었다.

굳이 어딘지 알 필요도 없었기에 자연스럽게 표정을 바꿨다.

차에서 내려 안내를 받아 사무실로 가자 고급 의자에 앉아 있던 중년인이 슬며시 일어서며 입을 열었다.

사람 좋은 얼굴이지만 자세히 보면 어딘지 모르게 냉정한 기운도 감도는 인상이다.

"정유천 씨, 반갑습니다. 프랑스 외무부 소속인 오베르주 대테러팀장이라고 합니다."

"……."

유천은 말없이 내민 손을 잡았다.

"이리로."

오베르주 대테러팀장의 안내에 따라 소파에 몸을 기댔다. 부드러운 가죽 느낌이 등에 느껴지자 오랜 비행기 여행으로 뻐근한 허리가 호강하는 기분이다.

그것도 잠시, 유천이 날카롭게 물었다.

"절 부르신 이유가 뭡니까?"

"성질이 급하시군요."

"궁금하니까요."

"좋습니다. 한 사람을 경호해 주시면 됩니다."

"경호요?"

뜻밖의 제안에 유천이 당혹스런 표정으로 변했으나 오베르주 대테러팀장은 이미 터진 둑처럼 입을 열었다.

"몽스트르라고 들어봤습니까?"

"아뇨."

"이슬람교에 대한 신랄한 비판 내용을 담은 소설을 쓴 사람입니다. 그 내용으로 인해 이슬람 테러리스트로부터 살해 위협을 받고 있습니다."

"그럴 만하네요."

"문제는 프랑스 시민이란 점입니다. 정부차원에서 보호프로젝트를 발동 중입니다만 아무래도 완벽하진 않습니다."

"정부고관처럼 하진 않겠죠."

유천이 당연하다면 당연하단 투로 말했다.

오베르주 대테러팀장도 그 점에 대해서 수긍하는 얼굴이었다.

"그래서 유천 씨를 불렀습니다. 제 입장에선 리스크를 줄이는 의미죠. 솔직히 말씀드리면 내일 당장이라도 몽스트르를 죽이겠단 소식이 들립니다."

"그들이라면 충분히 할 수 있는 협박이네요."

유천은 이슬람 테러리스트들이 어떤 행동을 하는지 잘 알기에 쉽게 수긍했다.

오베르주 대테러팀장은 그런 유천을 유심히 바라보며 자세히 설명했다.

"이건 프랑스 정부 자존심이 걸린 문제라 정유천 씨를 특별히 불렀습니다."

"이유를 물어도 되겠습니까?"

"아무래도 그들과 오래 싸운 경험과 실력을 높이 산 탓입니다."

"음."

"어떻게 하시겠습니까?"

설명을 들은 유천이 속으로 계산을 굴린 후 오베르주 대테러팀장을 바라보며 태연하게 물었다.

"제가 거절하면 어떻게 됩니까?"

"이 계획 자체가 원체 극비라 보안 문제 때문에 그동안 여기서 꼼짝 못합니다. 작전 완료까지 귀국이 좀 늦어지겠죠?"

부드러운 말이었지만 유천으로서는 눈썹이 곤두서는 이야기였다. 한마디로 강요란 생각이 들자 마음이 변했다.

유천이 그를 쏘아보며 말했다.

"그럼 뭐 모처럼 잠이나 푹 잘까요."

"그러지 마시고 협조 좀 해주시죠."

"제가 프랑스 사람입니까?"

"아, 네?"

오베르주 대테러팀장의 놀란 목소리에 유천이 시큰둥하게 입을 열었다.

"목숨 걸고 그런 일 할 이유가 없잖습니까?"

"어떤 조건이면 하시겠습니까?"

"외인부대 요원이 어떻게 생활하는지는 아시죠?"

"어느 정도는 압니다만."

오베르주 대테러팀장이 떨떠름하게 대답하자 유천은 빙그레 웃으며 솔직하게 털어났다.

"참고 인내하는 것이 오래 사는 지름길입니다."

"……."

오베르주 대테러팀장이 골치 아픈 듯 머리를 싸매자 유천이 슬그머니 물었다.

"기간은 어느 정도입니까?"

유천이 묻자 오베르주 대테러팀장이 반가운 얼굴로 즉시 대답했다.

"앞으로 열흘 후가 라마단입니다. 라마단 기간 동안에는 이슬람 테러리스트도 절대 움직이지 않지요."

"그럼 열흘 동안만 하면 되는 겁니까?"

"그렇지요."

"좋습니다."

유천은 기간이 정해지자 오히려 편한 기분이 들었다. 열흘 동안만 일하면 돈도 벌고 여러 문제도 깔끔하게 해결할 수 있다는 생각에 기꺼운 마음이다.

유천이 한 가지 의문점을 오베르주 대테러팀장에게 물었다.

"이런 경우라면 은밀한 안가에다 피신시키는 게 맞지 않나요?"

"물론 그렇지만 이번에는 사안이 다릅니다. 이상하게 정보가 저쪽으로 흘러가고 있어서."

"내부에 첩자가 있나 보죠."

"그거까진 확인하지 못했습니다만."

약간 불편한 기색을 보이는 오베르주 대테러팀장의 얼굴이다.

자신의 부서에 첩자가 있다는 게 그다지 반가운 소리는 아니다.

유천도 그것을 아는 듯 더 이상 캐묻지 않고 다른 쪽으로 말을 돌렸다.

"그럼 위험부담이 커지겠군요."

"철저히 비밀을 유지했으니 이번에는 절대 발견하지 못할 겁니다. 여기에 대해선 내부에서도 많이 알고 있지 못해요."

"그건 장담할 수 있는 이야기가 아니죠. 위험수당을 좀 받아야 되겠습니다만."

"위험수당이요?"

유천은 끝까지 물고 늘어졌다.

"제 입장에선 보수가 문제지요."

"얼마를 원하십니까?"

"그쪽이 먼저 제안해야 하는 일 아닙니까? 아쉬운 건 그쪽일 텐데요."

유천의 눈빛에 살짝 흔들린 오베르주 대테러팀장이 고민에 고민을 거듭한 후 입을 열었다.

"약속한 금액에서 추가로 5만 달러 어떻습니까?"

"호텔에서 잠이나 자야겠군요."

"도대체 얼마를 원하십니까?"

줄곧 무표정하던 오베르주 대테러팀장이 약간 짜증 서린 말투로 말하자 유천이 여유롭게 손가락 두 개를 폈다.

"위험한 일이란 감이 옵니다. 추가로 20만 달러는 받아야 겠는데요."

"요구가 크군요."

"글쎄, 적자라고 생각하면 관두시든가요."

유천은 아쉬울 게 없었다.

의뢰를 거절한다면 약간 번거로운 일이 고작이다. 오베르주 대테러팀장에게 끌려갈 이유가 어디에도 없는 탓에 유천은 강하게 밀어붙였다.

잠시 고민하던 오베르주 대테러팀장이 유천을 바라보고 물었다.

"유천 씨가 그만한 실력이 될까 모르겠습니다."

"내키지 않으시면 그만두셔도 됩니다."

"좋습니다. 대신 실패하면 단돈 일 달러도 없습니다."

뜻밖으로 오베르주 대테러팀장이 쉽게 승낙하자 이번에는 유천이 놀랐다.

'20만 달러가 뉘 집 개 이름도 아니고.'

선뜻 주겠다는 말에 조금 찜찜한 마음이 들 정도이다. 그러나 유천은 한 가지 사실을 믿었다.

자신이 가진 새로 얻은 능력을 시험할 기회 자체가 한국에서는 드물었다. 기왕지사 온 김에 여기서 깨끗하게 시험하고 갈 생각이다.

그 마음을 품고 나자 한결 결정을 내리기가 수월했다.

"좋습니다. 그럼 제가 어떻게 해야 되는 겁니까?"

"여기서 나가시면 안내할 사람이 있으니 따라가시면 됩니다."

"20만 달러는 선불인데요."

유천의 칼 같은 말에 오베르주 대테러팀장이 체념한 듯 선선히 고개를 끄덕였다.

"바로 통장에 넣어드리지요."

"그렇게 해주시면 고맙죠. 그럼."

유천은 더 이상 긴 말 하지 않고 자리에서 일어섰다. 자신의 생각대로 된 이상 오베르주 대테러팀장와 더 이상 입씨름할 이유는 어디에도 없었다.

그때 오베르주 대테러팀장이 한마디 경고했다.

"주의할 점이 있습니다."

"뭡니까?"

"다른 경호원들이 유천 씨를 그리 반기지 않을 겁니다."

"음."

유천이 말문을 닫자 오베르주 대테러팀장이 자세히 설명했다.

"사안이 중요해 아무래도 실력이 뛰어난 사람이 필요했습니다. 거기에 유천 씨가 가장 적당한 인물로 추천됐습니다."

"그런데요?"

유천이 묻자 오베르주 대테러팀장이 난처한 얼굴로 답했다.

"한데 유천 씨 이야기를 하니 불같이 화를 내더군요. 필요 없다고요. 그러나 제 입장에선 유천 씨가 가야 한다고 판단했습니다."

"가면 찬밥이라는 겁니까?"

"아마도요."

"뭐, 알아서 처신하죠."

오베르주 대테러팀장의 말은 중요한 정보였다.

유천은 출발하기도 전에 마음을 정했다. 상대가 호의를 안 보인다면 굳이 숙일 이유가 없었다.

중요한 건 완벽한 경호이지 함께 경호할 사람들과의 친분 유지는 절대 아니란 점이다.

철컥.

유천이 사무실 문을 열고 나오자 말쑥한 정장 차림의 건장한 젊은 남자가 얼른 옆으로 다가섰다.

"이쪽으로 오시지요."

유천은 말없이 그의 뒤를 따랐다.

현관으로 나가자 이미 준비된 고급 승용차가 뒷문이 열린 채 대기 중이다.

유천은 말없이 상석에 털썩 자리를 잡았다.

뒤따라 조수석에 탄 남자가 유천에게 말했다.

"출발합니다."

끄덕.

유천이 고갯짓을 하자 승용차가 출발했다.

부웅!

자동차가 꼬박 두 시간을 달려 도착한 곳은 파리에서 한참 떨어진 조그마한 시골 마을이었다.

주변을 보니 인가가 드문드문 있어 낯선 사람들의 출현을 금방 알아챌 정도였다.

은신 장소치곤 훌륭하단 점이 첫 번째 소감이다. 그중에서도 한쪽에 떨어진 저택, 그곳이 유천이 일할 장소였다.

끽!

승용차가 현관에 멈추자 동승한 남자가 입을 열었다.

"내리시죠."

차에서 내리자마자 현관 앞에 있던 한 남자의 싸늘한 시선을 받아야만 했다.

유천은 그런 시선 따위는 아랑곳없이 바로 현관 앞으로 걸어 들어갔다.

그러자 총을 든 남자가 유천의 앞을 위협적으로 가로막았다.

"정유천?"

"그렇소."

"외인부대 출신이라던데."

"아마도."

유천의 대답도 짧았다.

상대가 예의를 차리지 않는데 이쪽에서 굽실거릴 이유는 없었다.

오베르주 대테러팀장 말대로 자신을 환영하는 분위기는 어디에도 없었다.

그렇다면 실력이 제일이다.

유천의 도발적인 자세에 상대도 움찔한 모양이다. 그러나 그는 곧 거친 남자임을 증명하듯 곧장 눈빛을 사납게 하고 말했다.

"건방진 자식."

와락!

유천이 바로 목덜미를 휘어잡았다.

남자가 바동거렸지만 유천의 강한 악력에 꼼짝도 하지 못했다. 유천이 서서히 목을 조이며 한마디 했다.

"입조심해."

"이… 이……."

"오른손에 힘을 주면 네 목은 꺾여. 그러면 죽는 거지?"

"이… 거……."

얼굴이 새파랗게 질린 채 발버둥치는 남자를 그때서야 내려놓은 유천이 한마디 했다.

"안내해."

"……."

유천의 강한 힘에 질린 듯 남자가 째려봤지만 유천은 거들
떠보지도 않았다.

"아니면 내가 들어가고."

유천은 바로 안으로 걸어 들어갔다. 뒤에 있던 남자가 열이
받는 듯 인상을 찌푸리며 바로 뒤에서 주먹을 휘둘러왔다.

픽!

유천이 고개를 숙이며 바로 팔꿈치로 상대 복부에 쑤셔 박
았다.

"컥!"

남자가 입에서 누런 위액을 쏟아내더니만 그대로 땅에 쓰
러졌다.

쿵!

한 방에 기절해 큰대자로 널브러졌다. 유천은 그대로 뒤를
바라보며 같이 온 정장남자에게 말했다.

"대신 안내해 주셔야겠는데요."

"아, 네."

정장남자도 뜻밖의 사태에 얼굴이 질린 채 유천의 말에 마
치 말 잘 듣는 아이처럼 앞으로 나섰다.

순간 저택에 있는 서너 명의 살기 찬 시선이 느껴졌지만 유

천은 개의치 않았다.

유천이 집 안에 들어서자 거실 소파에 앉아 있던 한 남자가 손을 들었다.

서양인답지 않게 작은 눈이 사뭇 매섭고 민첩해 보이는 인상의 소유자다. 그는 그리 유쾌하지 않은 듯 퉁명스레 말했다.

"이쪽."

유천이 그쪽으로 걸어가자 함께 온 남자가 얼른 앞에 나서며 소개했다.

"정유천 씨, 저분이 총책임자 데상트 경호팀장입니다."

"반갑소."

유천은 가볍게 목례하고 소파에 털썩 주저앉았다. 그러자 데상트 경호팀장이 유천에게 말했다.

"등장부터가 시끄럽군."

"보시다시피."

유천은 더 이상 말을 아꼈다. 데상트 경호팀장은 그런 유천을 노려보며 정장 남자에게 오른손을 내밀었다.

"서류."

"여기 있습니다."

정장남자가 서류 봉투를 건네자 얼른 열어보는 데상트 경호팀장이 피식거린다.

"외인부대 특수부대에 있었다고?"

"그렇소."

"경호 임무는 해봤나?"

"전혀."

유천 대답에 인상을 찌푸린 데상트 경호팀장이 물었다.

"그럼 무슨 일을 했나?"

"적이 보이면 죽이고."

유천은 말을 짤막하게 끊었다.

귀찮게 여러 가지 말을 하고 싶은 생각이 없는 탓이다. 데 상트 경호팀장은 그런 유천을 흥미로운 시선으로 바라보며 한마디 했다.

"경호 임무는 좀 다른데."

"내가 아는 건 한 가지요."

유천이 묵직하게 말하자 데상트 경호팀장이 고개를 갸웃 거리며 물었다.

"어떤 거?"

"적이 오면 제거하는 것."

"풋, 맞는 말일지도 모르지. 그런데 처음부터 팀원들하고 불화를 일으키면 되겠나?"

"참는 일이 익숙하지 않아서."

유천은 이미 직감했다.

저들은 모두 친숙한 사이이고 자신만 이방인이다.

이런 생판 모르는 집단에 들어와 처음부터 괜히 기죽어서 지내면 완전 바보 취급 받기 십상이다.

그럴 바에야 처음부터 화끈한 모습을 보여주는 게 상책이었다. 오랜 외인부대 생활에서 우러난 생생한 경험이기도 하다.

데상트 경호팀장은 그런 유천을 노려보며 말했다.

"경호 경험이 없으니 일단 외곽 경계를 맡도록 하지."

"편한 대로."

"알다시피 저택 앞은 우리 팀원이 맡고 있는데 뒤를 맡아 줄 사람이 없어. 그쪽을 맡아줬으면 좋겠는데."

"알겠소. 무기는?"

"저기."

데상트 경호팀장이 손짓하는 곳에는 권총과 기관총이 놓여 있었다.

유천은 아무런 대꾸 없이 그쪽에 가서 권총을 집어 들고 익숙한 동작으로 소음기를 끼웠다.

끼익.

권총을 날렵하게 허리춤에 구겨 넣고는 다른 손으로 기관총을 들었다.

철컥.

묵직한 느낌이 유천이 익히 다뤄본 소총이기도 했다. 개인무기를 챙겨 든 유천이 데상트 경호팀장에게 말했다.

"그럼 가겠소. 아, 식사는?"

"때가 되면 말해주지. 별도 지시가 있을 때까지 자리에서 절대 움직이면 안 돼."

"물론"

유천은 더 이상 대꾸하지 않았다. 데상트 경호팀장 말투를 보니 첫 등장부터 자신을 그리 반기지 않는다는 걸 알 수 있었다.

경호 전문 인력이 아니라 외인부대 출신이란 사실이 영 못마땅한 기색이다. 그러거나 말거나 유천은 이미 다른 생각에 빠졌다.

"경호라……."

유천은 중얼거리며 곧바로 손을 들고 자신이 가야 될 위치로 걸어갔다. 현관을 나서자 남자 두 명이 나와서 으르렁거렸다.

"이 새끼가!"

"뭐야?"

"감히!"

으르렁거리는 남자가 순간 굳었다.

철컥!

유천이 소총을 상대 목에 들이대고 한마디 했다.

"더 할 말 있어?"

"뭐 이… 이런……."

"비켜."

"무슨 짓… 이야?"

유천은 짤막하게 경고했다. 다가선 세 남자 모두 기가 질린 표정이다. 대뜸 총구를 들이대는 유천의 냉정함에 치를 떤다.

다들 침묵하자 유천이 물었다.

"더 할 말 있어? 아니면 꺼지고."

세 남자의 눈썹이 꿈틀거렸다. 그때 한 남자가 동료에게 말했다.

"가자고. 말썽 피우지 말고."

"저 자식이."

"가자."

그 말을 끝으로 다들 유천을 노려보며 돌아갔다. 신속하고 냉정한 유천의 대응에 제대로 한 방 먹은 얼굴임은 분명했다.

"똑같은 자식들."

**6장**

폭풍전야

유천은 더 이상 신경 쓰고 싶지 않아 자신이 가야 될 쪽으로 걸어갔다.

데상트 경호팀장이 말한 곳에 도착해 곧바로 주위를 살펴봤다.

"이런."

유천은 피식 웃음이 나왔다.

기분 나쁜 웃음이 아니고 지극히 만족스러운 표정이다.

의외로 유천이 맡은 곳은 깎아지는 절벽 위를 감시하는 일이었다.

유천은 밑을 내려다보고 씩 웃었다. 높이가 70여 미터를 훌쩍 넘는, 거의 구십 도 경사의 깎아지른 벼랑이었다.

잠시 생각하던 유천이 중얼거렸다.

"어떤 미친놈이 여기를 기어 올라와."

도무지 불가능한 일이었다. 지키는 이가 없다면 자일을 걸고 올라올 수는 있지만 유천이 있는 이상 소리가 안 들릴 리 없었다.

소리 없이 침투한단 건 특수부대 할아버지라도 불가능한 일이었다.

그런데도 이쪽으로 보냈다는 건 자신을 소외시키겠다는 의미였다.

결국 공은 자신들이 가지겠단 의미지만 유천의 입장에선 신경 쓸 일이 아니었다. 그저 무사히 시간을 보내고 돈만 챙기면 그만이었다.

"나야 좋지."

유천은 곧바로 준비된 위치에 턱하니 몸을 기댔다. 다행히 편한 의자가 있어 기대고 있기에는 좋았다.

유천이 귀를 열자 주위의 온갖 소음이 귓속에 쏙쏙 들어온다. 하다못해 풀벌레 우는 작은 소리도 들렸다.

"상태 좋고."

이런 상태라면 굳이 절벽 밑을 내려다볼 필요도 없다는 생각이 들자 유천은 의자에 몸을 깊이 기댔다.

잠시 후 유천이 적적한 마음에 절벽 밑을 바라보며 싱긋 웃었다.

"경치 좋고."

유천의 말 그대로였다.

높이가 70여 미터는 족히 되는 절벽 위에서 바라보는 해안선 풍경, 그리고 바다 풍경은 그야말로 한 폭의 그림이었다.

여기서 열흘 동안 경치 구경만 해도 본전은 뽑는 기분이다.

사실 유천이 가진 능력을 볼 때 절벽으로 누가 올라온다는 건 불가능했다.

개미새끼 한 마리도 못 온다가 정답이다. 이런저런 생각에 잠겨드는 사이 유천이 정신을 바짝 차렸다.

"이럴 때가 아니지."

시간 있을 때 자신이 가진 능력을 조금이라도 수련하는 게 최선이다. 세상사는 거칠기 그지없다.

운 좋게 얻은 능력이기에 자만하고 게을리 해서 나중에 큰 후회를 남길 일은 시작부터 씨를 말려야 했다.

유천은 자신이 가진 능력에 대한 사용법을 하나둘씩 머릿속에서 기억하곤 손발을 써 능숙하게 쓰기 위해 수련에 박차를 가했다.

좋아진 머리는 모든 수식을 단 한 번에 외움으로써 기억할 수 있게끔 만들었다.

"쓸 만해."

유천은 화사하게 웃으며 수식을 하나둘씩 머릿속에서 외

우고 써보는 연습을 했다.

"실전에서 쓰면 얼마나 좋을까."

그걸 썼으면 좋겠지만 보는 눈이 많았다.

나중에 한가할 때 써본다는 생각으로 하나둘씩 훈련을 하다 보니 시간 가는 줄도 몰랐다.

어느덧 유천의 휴대폰이 울렸다.

띠리릭.

"여보세요."

―저녁 시간이요.

퉁명스러운 상대 말투에도 유천은 개의치 않았다. 잠시 기다리자 한 남자가 소총을 들고 오는 모습이 보인다.

교대자가 분명했다.

"수고."

유천의 짤막한 인사에 상대 남자는 모른 척 시선을 돌렸다.

그러거나 말거나 유천은 곧바로 총을 챙겨 들고 저택 안으로 들어가 식당 안으로 갔다.

식탁에 앉아 있는 일곱 명의 남자가 자신을 노려봤다.

눈빛만으로 사람을 어떻게 할 수 있다면 유천은 벌써 난도질당했을 것이다.

그러나 유천은 신경조차 쓰지 않고 빈자리에 앉았다. 곧바로 식사가 나오자 포크와 나이프를 들었다.

외인부대 생활로 오랫동안 먹었지만 도무지 적응이 안 되는 서양식 식단이다.

'이럴 때는 된장국이 최곤데.'

유천은 속으로 중얼거리며 허기를 때우려 구겨 넣기 시작했다.

반쯤 먹었을까, 저 멀리서 데상트 경호팀장의 목소리가 들렸다.

"걱정하지 않으셔도 됩니다. 적이 오면 쓸어버리면 그만입니다."

"불안해서 잠이 안 와요."

"우릴 믿고 편히 계십시오."

유천이 시선을 돌려 바라보자 데상트 경호팀장과 그의 정면에 앉아 식사하고 있던 40대 중반의 남자가 보였다.

금발의 남자는 바짝 야윈 얼굴로 몸을 떨고 있었다.

다른 경호원과 달리 유약한 모습에 유천은 한눈에 누군지 알아봤다.

자신을 이리로 오게 만든 장본인이 분명했다.

'저자가 몽스트르로군.'

더불어 유천은 속으로 차갑게 비웃었다.

종교를 건드린다는 건 위험한 일이다. 더군다나 급진 과격 분자가 많은 이슬람교도라면 더더욱 미친 짓이나 마찬가지였다.

몽스트르는 그때서야 시선을 돌려 유천을 가리키며 말했다.

"저분은 누구십니까?"

"새로운 경호팀의 한 사람입니다."

"아, 그래요. 잘 부탁드립니다."

몽스트르의 목소리에 유천이 고개를 끄덕였다.

"제가 맡은 쪽은 걱정하지 마십시오. 그리고 자신을 가장 먼저 믿으셔야 합니다."

의미심장한 유천의 말이 들리자마자 인상을 구긴 데상트 경호팀장의 목소리가 들렸다.

"아무래도 그쪽은 혼자 맡아줘야겠다."

"교대자 없나?"

"다른 쪽 인원이 부족해서."

유천은 한마디로 그의 뜻을 알아차렸다. 결국 미운 오리새 끼처럼 변했다는 이야기다. 그러나 유천은 오히려 편했다.

"그럼 슬리핑백과 여러 가지 물품, 텐트도 좀 주시지."

"잠은 안 돼. 인원이 달려 교대자가 없어."

"그럼 24시간 계속 눈 뜨고 있으라는 이야기인가?"

"두 시간 동안은 교대해 주지."

마치 큰 인심 쓰듯이 하는 말에 유천이 씩 웃었다.

'개새끼.'

두 시간 자고 움직일 수 있는 사람은 없다.

하루라면 몰라도 꼬박 열흘 동안 그렇게 하는 건 불가능했다. 결국 엿 먹으라는 이야기였다.

그러나 유천은 개의치 않았다.

"알았소."

유천이 자리에서 일어섰다. 그러자 데상트 경호팀장의 목소리가 들린다.

"부탁한 물품을 챙겨주도록."

"네, 팀장님."

유천의 맞은편에 앉아 있던 남자가 식사를 마친 듯 자리에서 일어나자 유천은 말없이 그의 뒤를 따라갔다.

창고에서 슬리핑백과 여러 가지 물품, 조그마한 일인용 텐트를 건네주던 남자가 조용히 말했다.

"너무 시끄러운 거 아니야?"

"아까 현관에서 있던 일을 이야기하는 건가?"

"그래. 같은 편끼리 너무하는 거 아닌가?"

"간단해. 적 아니면 친구."

유천의 말에 상대가 멍한 표정을 지었다.

"뭐라?"

"들어서 알겠지만 난 외인부대 특수부대 출신이야. 그게 뭘 의미하는지 아나?"

유천이 묻자 상대가 노려보며 말했다.

"무슨 뜻이지?"

"적이면 죽인다. 최소한 적은 아니기에 살려줬어."

"······."

말을 잃은 듯 남자가 쳐다보자 유천은 신경 쓰지 않은 채 두 손 가득한 물건을 들고 밖으로 나갔다.

친하게 지낼 생각은 아예 없었다. 그들의 눈에서는 이미 동양인이라 멸시하는 눈빛이 가득했다.

"니들이 뭐라고 하던……."

유천은 사실상 여기서 계속 근무할 게 아니기에 별로 신경 쓰지 않았다.


절벽으로 돌아온 유천이 밑을 내다봤다.

꼼꼼히 살펴보던 유천의 입꼬리가 살짝 올라갔다.

이 정도면 자일이 없어도 충분했다.

유천은 인계 철선과 부비트랩을 가지고 절벽을 맨손으로 하강하기 시작했다.

척척.

고된 훈련을 거친 유천에게 이 정도 절벽 타기는 아무것도 아니었다.

유천은 절벽 중간쯤에 내려서자 곧바로 인계 철선과 부비트랩을 적절히 섞어 하나둘씩 설치했다.

"이 정도면 됐지."

교묘하게 감춰진 인계 철선을 찾아내기는 그다지 쉬운 일이 아니었다. 만약을 위한 안전판까지 설치하자 속이 후련해졌다.

턱턱.

다시 날렵한 동작으로 절벽 위로 올라온 유천이 자리에 앉자마자 세 명의 남자가 걸어오는 모습이 보인다.

다들 손에 총을 든 채 살기등등한 모습이다.

유천은 무심함 표정으로 그들을 바라보았다. 유천의 5미터 앞으로 다가선 그들 중 한 명이 앞으로 나서며 말했다.

"건방진 자식."

"무슨 일이지?"

"지금이라도 무릎 꿇고 사과한다면 없던 일로 해주지."

"못한다면?"

유천이 묻자 남자가 차갑게 웃었다.

"너, 여기서 죽어도 아무도 몰라."

"아무도 모른다……."

"경호 중에 죽었다고 하면 그뿐이야."

"그래?"

"이 새끼, 무릎 꿇고 사과하지 않으면 어떻게 되는 줄 알아?"

으르렁거리는 상대의 말에 유천이 싱긋 웃었다.

"몰라. 지금 협박하는 건가?"

"협박? 너 죽고 싶어?"

"거꾸로 될 수도 있다는 얘기지. 네놈을 죽여도 아무도 모른다는 거 아니야?"

"이 자식이!"

분노한 상대가 홧김에 바로 총구를 들이대는 순간 유천의 소음권총이 먼저 불을 뿜었다.

푸숭.

날아간 총알이 남자의 귀를 스쳤다.

"악!"

놀란 남자가 귀를 잡고 새파랗게 질린 순간 유천이 차갑게 말했다.

"다음은 심장, 아니면 머리통이야. 더 해볼 거야?"

"……"

남자가 말없이 바라보자 유천이 한마디 더 했다.

"전쟁터에서 먹고 싸면서 살아온 나야. 어지간하면 건드리지 마라."

"이 자식!"

"건드리고 싶으면 목을 걸고 덤벼. 다음에는 심장이나 머리통을 박살 내주지."

유천이 으르렁거리자 상대가 질린 표정으로 변했다.

위협사격이 귀를 스쳤다.

그건 다음엔 목숨이란 의미를 알기에 질려갔다.

아무리 싸움으로 잔뼈가 굵은 그들이라도 유천의 차가운 살기에 오금이 저린 것이다.

말 그대로 전쟁터에서 죽기 아니면 살기로 살아온 유천이다.

그 차가운 눈빛은 그들이 보기에도 섬뜩하기 그지없었다. 아무리 거친 남자라 해도 이런 경우에는 더 이상 버티기 힘들었다.

"야, 가자."

남자 한 명이 몸을 돌리자 나머지도 일제히 저택 쪽으로 걸어갔다.

"귀찮게 하고 있어."

그들이 모두 사라진 걸 본 유천이 중얼거린 한마디다. 그때부터 유천은 편안하게 혼자서 절벽을 지키기 시작했다.

어느 순간, 의자에 앉아서 꾸벅꾸벅 졸고 있던 유천이 눈을 번쩍 떴다. 뒤를 바라보자 다가오는 건 데상트 경호팀장이다.

"졸고 있더군."

"다 감시하고 있어."

"졸면서도 말인가?"

"내가 잤으면 다가오는 것도 몰랐겠지."

유천이 말하자 데상트 경호팀장이 그때서야 가까이 다가오면서 말했다.

"왜 이렇게 사이가 안 좋은지 모르겠어."

"먼저 도발한 건 그쪽일 텐데."

"……"

유천의 말에 말문이 막힌 듯 데상트 경호팀장이 고개를 절레절레 흔들며 뒤돌아섰다.

"이쪽에서 잘못된다면 각오하는 게 좋을 거다."

"그럴 리는 없지."

유천의 자신만만한 말에 데상트 경호팀장이 고개를 절레절레 흔들며 말했다.

"장담대로 되나 보지."

"……."

유천은 대꾸하지 않았다. 가만히 쳐다보던 데상트 경호팀장이 고개를 흔들며 저택 쪽으로 멀어져 갔다.

"성가시게."

유천은 이미 짐작하고 있었다.

저들이 공격해 온다면 오늘내일은 절대 아니었다. 사람이 경계를 하다 보면 가장 긴장이 풀어지는 순간이 있다.

열흘이라면 7일째가 가장 위험한 날이다.

그전까지는 경계에 잔뜩 곤두서 있지만 그때가 되면 사람이라면 누구나 긴장이 풀려 느슨해지게 마련이다.

그렇다고 마지막 날이 다가올 때는 또 긴장이 배가 되게 마련이다.

그렇다면 7일 아니면 8일, 그때가 적당한 저들의 공격 시점이었다.

"그 자식들 하는 수법이야 늘 똑같지."

유천은 지금 이 순간은 안전하다는 걸 잘 알고 있었다. 그러기에 약간의 긴장을 푼 채 사방을 주시할 뿐이다.

물론 긴장을 풀었다고 하나 사방에서 들어오는 모든 소리를 귓속에서 정리하며 경계에 만전을 기하고 있다.

"돈 벌기가 쉬운 건지 어려운 건지."

유천은 반 농담을 던지며 다시 눈을 감고 수련에 열중했다. 지금은 자신의 능력을 키우는 것이 가장 큰일이었다.

한동안 유천을 찾는 발길이 뚝 끊어졌다.

유천의 입장에선 좋은 일이지만 느닷없이 불청객이 다가오고 있었다.

저녁 무렵, 두 사람이 유천 쪽으로 걸어오는 모습이 보였다. 유천은 권총을 오른손에 든 채 말없이 지켜볼 뿐이다.

다가선 사람 중 하나는 뜻밖에도 몽스트르였다. 며칠 전 본 모습보다 한결 더 야윈 모습이 애처로울 정도이다.

유천의 앞으로 다가온 몽스트르가 데상트 경호팀장에게 말했다.

"유천 씨와 할 말이 있습니다. 자리 좀 비켜주시겠습니까?"

"그건 곤란합니다."

"비켜주세요."

단호한 몽스트르 말에도 데상트 경호팀장은 꿈쩍도 하지 않았다.

유천은 그런 둘을 흥미로운 눈빛으로 바라볼 뿐이다.

둘은 잠시 동안 옥신각신했으나 결국 몽스트르가 이겼다.

"당신들도 경호하러 온 거 아닙니까?"

"그렇습니다."

"그럼 멀리서 경호하세요. 아니면 오베르주 대테러팀장에게 전화할 겁니다."

"음."

못마땅한 신음을 토하며 그제야 데상트 경호팀장이 물러섰다.

몽스트르의 말대로 오베르주 대테러팀장에게 전화를 한다면 자신들은 난처한 입장에 빠질 게 분명했다.

데상트 경호팀장이 조금 떨어지자 몽스트르가 유천에게 몸을 돌렸다.

"잠깐 이야기 좀 하시죠."

몽스트르는 최대한 부드러운 어투로 유천에게 말했다.

유천은 아무런 표정 없이 고개를 끄덕였다.

그때 데상트 경호팀장의 목소리가 들렸다.

"건방 떨지 마."

유천은 그를 바라보며 오른 주먹으로 왼 손바닥을 쓸어 올리며 치켜들었다. 이상한 동작에 데상트 경호팀장이 고개를 갸웃거리며 유천에게 물었다.

"그건 뭐야?"

"일명 감자라는 건데. 나중에 한국사람 만날 기회가 있다면 알아봐."

유천은 그 말을 마지막으로 몽스트르와 함께 자리를 옮겼다.

절벽 근처 한적한 곳에 이르자 몽스트르가 유천의 손을 와락 잡았다. 순간 눈살을 찌푸린 유천은 얼른 손을 뺐다.

"뭐하자는 겁니까?"

"저 좀 살려주세요."

"……."

유천이 말없이 바라보자 몽스트르가 속사포같이 입을 열었다.

"오늘 오베르주 팀장님과 통화하면서 이야기 들었습니다. 테러리스트를 상대하긴 최고의 실력자라고 하시더군요."

"경호 실력은 아직 검증이 되지 않았는데요."

"아, 그리고 그때 식당에서 했던 말씀 있지 않습니까."

"아, 경호에 대해서요?"

유천이 그제야 치아를 드러내자 몽스트르가 무거운 표정으로 말했다.

"그 말뜻을 오늘에야 이해했습니다. 아직 죽고 싶지 않습니다. 너무 두렵습니다."

"누구나 살고 싶죠."

유천이 심드렁하게 대답하자 몽스트르가 더욱 절박하게 말했다.

"솔직히 아무 생각 없이 썼습니다. 이렇게 큰 파장을 일으킬 줄은 몰랐습니다."

"……."

유천은 잠시 말없이 바라봤다. 몽스트르는 더욱 불안한 표정으로 바라볼 뿐이다.

이윽고 유천이 낮은 목소리로 물었다.

"또 하실 겁니까?"

"네?"

"자신이 안 믿는다고 다른 종교 함부로 비판하실 거냐고요?"

"절대요."

몽스트르가 온몸을 부르르 떨며 약속하자 유천이 싱긋 웃었다.

"약속할 수 있습니까?"

"약속해요."

유천은 한숨을 훅 내쉬며 하늘을 바라보다가 힘 있는 목소리로 말했다.

"한 가지만 말씀드리죠."

"뭐죠? 뭡니까?"

반색하며 달려드는 몽스트르에게 유천이 천천히 말했다.

"잠잘 때 방을 옮기세요."

"방이요?"

"멀리서 보면 다 보입니다."

"커튼을 쳤는데도요?"

"현대 기술을 너무 우습게 보는군요. 커튼 정도는 아무것
도 아닙니다."

유천의 말에 몽스트르가 심각한 표정으로 변했다.

"그렇게 하겠습니다."

"여기까지입니다. 하고 안 하고는 당신 자유입니다."

"……."

몽스트르가 침묵했으나 유천은 말을 했으니 끝이다.

실천을 하든 안 하든 그건 몽스트르의 자유였다. 유천 또한
관심을 둘 이유가 없었다.

"가보세요."

"감사합니다."

"뭐 감사할 것까지야."

유천이 심드렁하게 말했지만 몽스트르는 몇 번씩이나 고
개 숙여 보이곤 자리를 떴다.

유천이 천천히 걸어 자신의 위치로 가는데 데상트 경호팀
장이 나타났다.

"도대체 넌……."

"하고 싶은 대로 해."

"뭐라고?"

"나도 하고 싶은 대로 할 테니까."

유천의 눈에서 깊은 살기가 퍼져 나오자 데상트 경호팀장이 움찔한 표정이다.

그의 뇌리에서는 맹렬한 경고음이 들리고 있었다.

'저자는 진짜다.'

말대로 덤벼든다면 자신의 목을 꺾을 수도 있는 위인이었다.

그러나 자존심 싸움, 그냥 물러나긴 뭐했다.

"두고 보겠어."

유천은 대꾸 없이 시선을 돌릴 뿐이다.

화가 난 적 앞에서 시선을 돌리는 행동, 그건 강한 자신감이나 무모함이다.

데상트 경호팀장은 순간적으로 그 뒤통수에 주먹을 날리고 싶은 충동을 느꼈지만 꾹 참았다.

지금까지 살아온 경험이 맹렬한 경고음을 울린 탓이다.

데상트 경호팀장이 멀어져 가자 유천이 싱긋 웃었다.

"눈치는 있는 놈이군."

그 말을 마지막으로 유천은 팔짱을 낀 채 절벽 쪽을 바라보았다.


시간은 흐르고 흘러 유천이 여기에 온 지 일주일이 지났다. 태평하게 지내던 유천의 눈빛이 점점 더 날카로워졌다.

오늘 아니면 내일.

분명히 적이 온다면 그 사이일 것이다.

유천은 권총과 소총을 만지작거리며 만약의 사태에 대비했다.

비록 비밀리에 마련한 곳이지만 왠지 적들이 이곳을 알고 있을 거란 예감이 들었다.

아니나 다를까.

새벽 두 시를 넘기자마자 조짐이 시작됐다.

펑펑!

갑자기 폭음이 들렸다.

그리고 얼마 지나지 않아 하얀 연기가 모락모락 피어올랐다.

유천은 첫눈에 그게 무엇인지 알았다.

섬광탄, 그리고 최루탄.

두 가지가 동시에 저택 주변에서 폭발했다.

퓨슝! 퓨슝!

그리고 소음기 총소리가 수십 번이나 연달아 들렸다.

"젠장!"

유천은 적들이 공격해 온 것을 직감하고는 빠르게 저택 쪽으로 몸을 움직였다.

몽스트르와 한 약속은 지켜야 했고 또 하나, 경호에 실패한다면 보수는 없다.

지금은 딱 한 가지만 생각했다.

몽스트르가 자신의 말대로 피해 있는지 그것이 제일 중요했다.

타닥!

유천이 움직이는 속도보다 적들이 저택에 난입하는 시간이 훨씬 빠를 건 확실했다.

유천이 있던 절벽보다 무려 세 배 이상 거리 차이가 났다.

저택에 미처 도착하기 전에 적들이 저택에 난입하는 소리가 들렸다.

타다닥!

급한 발자국 소리가 귀를 때렸다.

"꼬이네."

유천의 눈빛이 새파란 빛을 발했다.

유천은 저택 쪽으로 빠르게 붙어 뒷문 쪽으로 들어가 벽에 바짝 붙었다.

타닥! 타닥!

더욱더 발자국 소리가 요란하게 들렸다.

안에는 이미 최루탄 연기가 가득 차 있었지만 유천에게는 아무런 영향도 끼치지 못했다.

기침은커녕 눈도 맵지 않았다.

이미 능력으로 온몸을 보호한 유천에게는 무용지물이었다.

유천은 하얀 연기 속에도 마치 앞이 훤히 트인 양 이리저리 움직였다.

마침내 가장 좋은 위치를 잡았다.

대리석으로 싸인 탁자 뒤다.

이 정도 대리석 두께라면 소총탄이 관통하기는 어려웠다. 그러나 유천은 이내 고개를 절레절레 흔들었다.

"여기 있다고 해결되나?"

유천은 빠르게 사방을 훑어보았다. 짧은 순간 유천 눈에서 빛이 번쩍거렸다.

이미 저택 내 경호원들은 전멸상태였다. 데상트 경호팀장도 오른팔에 피를 흘리며 떨어진 총을 잡으려 안간힘 쓰는 모습이 보였다.

그러나 이미 부상이 심해 총을 잡기가 어려워 보였다.

그쪽으로 테러리스트 한 명이 잔인한 미소를 지으며 총을 겨눴다. 순간 데상트 경호팀장 얼굴이 절망으로 물들었다.

푸슝.

놀랍게도 테러리스트가 마치 전기에 감전된 듯 몸을 비틀며 쓰러졌다.

가슴쪽에서 피가 거실 바닥을 적셨다. 데상트 경호팀장이 놀란 듯 유천 쪽에 시선을 돌렸다.

"조심하시오."

"고… 마워."

데상트 경호팀장이 정말 하기 싫은 말을 꺼내는 눈치였다.

"그럴거 없어. 적어도 넌 내게 총을 겨누지 않으니깐. 그뿐이야."

유천은 피식거리며 말한 후 더 이상 그에게 눈도 주지 않고 2층으로 빠르게 치고 올라갔다.

유천은 잊지 않았다.

자신이 경호해야 할 인물은 몽스트르지 데상트 경호팀장이 아니었다.

2층으로 돌아가는 계단에는 두 명의 적이 보였으나 유천은 망설임없이 권총을 발사했다. 정확히 급소를 강타한 총탄에 적이 몸을 비틀었다.

퍽! 퍽!

둘이 쓰러졌다.

올라가면서 얼핏 보니 적이 떨어뜨린 소총에도 소음기가 달려 있었다.

역시.

유천의 눈이 빛을 발했다.

소리 없이 일을 처리하는 것이 저들의 임무였다. 자칫 소란이 커지면 자신들이 습격한 사실이 들통 나게 마련이다.

적은 소리 없이 처리할 생각이었다. 시끄럽게 한다면 다른 곳에서 지원군이 와 어려운 지경에 처할 것이다.

그러나 이쪽은 달랐다.

가급적 소리를 내서 지원군이 빨리 오게 하는 것이 가장 좋은 방법이다.

그런데 이쪽도 총에 소음기를 달고 있는지 이해할 수가 없었다.

그러나 유천의 입장은 전혀 달랐다. 이미 적은 저택을 점령한 후라 소음기를 뺀다면 자신의 위치가 금방 파악돼 적의 집중 공세를 받을 것이 분명했다.

"어차피 저놈들이나 나나 똑같네."

유천이 스스로에게 농담을 던지며 2층으로 빠르게 뛰어올라 갔다.

넓은 저택이라 적들이 움직이는 것이 보였다.

"확실하네."

소리를 들어보니 저들은 모두 몽스트르가 있는 방 안으로 난입한 후였다. 시끄러운 발자국 소리가 그걸 증명했다.

"없습니다."

"샅샅이 뒤져. 분명히 이 방이야."

적들의 목소리를 들으며 유천은 곧바로 옆방으로 들어섰다.

옆방에도 하얀 연기가 가득 차 있었고, 어디선가 가는 기침 소리가 들렸다.

"콜록콜록."

시선을 돌리니 이내 몽스트르의 모습이 보였다.

침대 밑에 숨어서 벌벌 떨면서도 기침하는 모습이다. 유천은 가까이 다가서 최대한 몽스트르를 안심시켰다.

"이리 나오세요."

"살, 살려……."

"접니다. 유천."

"아, 유천 씨. 제발 살려주세요."

후다닥 침대 밑에서 나온 몽스트르는 공포에 질려 벌벌 떨고 있다.

이미 최루탄 가스 때문에 눈물콧물이 쏟아져 얼굴은 가관이 아니었다.

유천은 더 이상 몽스트르와 실랑이하지 않았다.

왼손으로 몽스트르 옷을 움켜쥔 채 끌어냈다.

"여기 있으면 죽습니다."

유천은 일단 몽스트르를 피신시키기로 작정했다.

적들이 우글거리는데 몽스트르와 함께 움직인다는 것은 미친 짓이다.

혼자 움직인다면 행동에 자유가 있지만 같이 있다면 절대 아니었다.

유천은 창으로 가 흘낏 밑을 바라봤다.

"높네."

한국의 2층과는 구조가 달랐다.

높이가 7~8미터는 돼 그대로 뛰어내린다면 중상을 면하기 어려웠다.

"도리가 없군."

유천은 사방을 살펴보다 가장 안전한 곳을 발견했다.

"욕실로 들어가세요."

"욕실에요? 도망갈 데가 없잖아요."

"여긴 내가 막습니다."

"밖으로 도망가요."

"도망가면 죽어."

유천이 반말했다.

낮게 가라앉은 목소리에 몽스트르는 질린 표정이다. 유천은 더 이상 몽스트르와 실랑이하지 않았다.

멱살을 잡아끌고 바로 욕실 쪽으로 집어넣어 버렸다.

"살려주세요!"

"떠들면 죽어."

"콜록콜록."

그 말에 바로 조용해졌으나 기침 소리는 여전했다. 이 정도 기침 소리라면 적들이 발각하는 것은 시간문제였다.

"할 수 없군."

유천은 한 가지만 생각했다.

유천이 보기엔 몽스트르 경호팀은 모두 제압된 후다. 일부는 제압되고 나머진 도망간 것이 분명했다.

유천은 경호팀의 실상에 한숨이 나왔다.

하긴 목숨을 걸고 남을 경호할 수 있다는 건 말처럼 쉽지 않았다. 유천은 이내 머리를 털곤 다른 생각에 골몰했다.

정면대결.

이 순간 자신이 가진 능력을 믿기로 했다.

# 7장

머리싸움

유천은 방 밖으로 나가 곧바로 움직였다.

"여기 없어!"

"다른 방 뒤져봐. 아직 도망치진 못했어!"

적들이 소리치며 나오는 걸 본 유천의 소총이 불을 뿜었다.

푸슝푸슝!

"억!"

비명과 동시에 고함이 들렸다.

"적이야!"

유천은 빠르게 벽 쪽으로 붙어서 안에다 소총을 난사했다.

또 한 명의 적이 맞아 피를 토하자 반격이 시작됐다.

피웅! 피웅!

적의 총알이 빗발치듯 날아왔다.

유천은 이 층만 신경 쓸 처지가 아니었다. 어느새 1층에서 적들이 움직이는 모습이 보였다.

유천은 곧바로 난간에 총구를 내밀고 방아쇠를 당겼다.

푸슝!

"컥!"

일발 명중.

유천의 손속에는 전혀 인정이 없었다.

단 한 방에 급소를 꿰뚫는 통에 총알에 맞은 적은 더 이상 반항할 기미가 없었다.

공연히 인정을 뒀다 총탄이라도 맞으면 자신만 손해였다. 생사가 오가는 총격전에선 냉정이 우선이었다.

"숨어."

일 층의 적들이 놀라 모두 일제히 벽 쪽으로 붙었다. 유천은 그 짧은 순간을 놓치지 않고 침착하게 사격했다.

"크윽."

비명 소리가 정확히 세 번 들리곤 일 층이 잠잠해졌다.

"일이 어려워지네."

유천의 생각보다 훨씬 많은 적이다.

"머리 아프다."

유천이 고개를 절레절레 저었다.

그러나 유천은 시간 끌 일이 아닌 것을 분명히 깨달았다. 시간을 끌수록 혼자인 자신이 불리할 뿐이다.

아무리 자신이 능력을 가졌다고는 하나 총알에는 장사 없었다.

유천은 그 생각으로 나타난 적의 숫자를 짐작해 보기 시작했다.

"쓰러진 놈이 있으니까……."

앞으로 남은 적은 다섯 명 이내였다.

"다섯 명이라……."

승부를 걸기에는 충분한 여지가 있었다. 생각하는 사이 유천이 있는 2층 복도로 뭐가 또르르 굴러 나왔다.

또르륵, 쾅!

섬광탄이었다. 유천은 순간적으로 눈앞이 깜깜해지는 것을 느꼈으나 이내 곧바로 회복되었다.

보통 사람이라면 섬광탄에 시력을 잃고 헤매는 것이 정상이다. 그러나 유천은 능력으로 충분히 막아낼 수 있었다.

자신감이 솟았다.

"잔머리 굴리네."

유천은 오히려 회심의 미소를 지었다.

유천의 예감이 그다지 틀리지 않았다. 바로 두 명이 뛰어나왔다.

푸슝! 푸슝!

유천의 총구에서 두 발의 총알이 불을 뿜었다.

"컥!"

쓰러지는 사이 유천은 곧바로 안으로 들어섰다. 유천은 들어서면서도 빠른 시력으로 적의 위치를 파악했다.

피웅!

유천의 반자동 긁는 소리에 두 명이 쓰러졌다. 한 명이 남았지만 한 명은 날렵하게 소파 뒤로 몸을 숨겼다.

푸슉! 푸슉!

곧바로 연속적으로 총탄이 날아왔다.

하지만 유천은 이미 두 바퀴를 굴러 반대쪽으로 몸을 숨기며 방아쇠에 손을 걸었다.

푸슉!

적이 고개를 내민 짧은 순간 유천의 총에서 불을 뿜었다.

"컥!"

아주 찰나의 순간이었지만 상대는 머리에 총을 맞고 비틀거리다 쓰러졌다.

"끝났나?"

유천은 사방을 주의 깊게 경계했다.

"하나가 더 있어."

분명한 느낌이 들자 유천은 일부러 모르는 척 천천히 태연하게 걸었다.

바로 그 순간 문틈에서 총구가 보였다. 유천은 바로 몸을 숙이며 권총을 쐈다.

푸슝!

"큭!"

미처 방아쇠도 못 당긴 적이 분노에 찬 눈빛으로 유천을 바라봤다.

유천은 그를 바라보며 조용히 중얼거렸다.

"억울할 거 없어. 남을 죽이려면 자신도 죽을 생각을 해야지."

쿵!

채 대답도 듣지 못하고 남자가 쓰러졌다.

"상황은 끝났나?"

유천이 싱긋 웃으며 사방을 훑어봤지만 더 이상 적의 동태는 느껴지지 않았다.

유천은 지체없이 방을 나와 몽스트르가 숨어 있는 욕실 쪽으로 향했다.

똑똑.

"정유천입니다."

"아, 정유천 씨!"

바로 욕실 문이 열리며 파리한 안색의 몽스트르의 모습이 보인다. 유천은 짐짓 여유를 보이며 웃었다.

"적은 다 제거됐습니다."

"저, 정말요?"

"그럼요. 제가 이렇게 편하게 온 거 보면 모르겠습니까?"

"정말요? 이제 끝난 겁니까?"

"끝난 것 같습니다. 뭐 더 이상 올 적도 없는 것 같고."

유천의 태연한 말에 몽스트르가 문득 생각난 듯 물었다.

"다른 경호원들은요?"

"글쎄요."

유천은 더 이상 말을 아꼈다. 공연히 여기서 가타부타 얘기하고 싶은 마음이 없었다.

유천은 휴대폰을 꺼내 오베르주 대테러팀장에게 문자를 보냈다.

오늘 새벽 두시 경, 적의 습격이 있었습니다.

적은 모두 제거되고 몽스트르는 안전합니다.

간단하게 소식을 전한 후 유천은 어색한 웃음으로 다가오는 데상트 경호팀장을 바라봤다.

옷을 찢어 급한대로 지혈한 모습이었다. 창백한 얼굴에 걸맞게 비틀거리는 걸음걸이였다.

눈앞에 선 데상트 경호팀장이 유천에게 손을 내밀었다.

"목숨을 구해줘서 고맙네."

"최소한 적은 아니니깐."

유천이 살짝 비꼬자 데상트 경호팀장의 안색이 살짝 흐트러졌다.

"대단한 실력이더군."

"죽지 않으려면."

유천도 사람이었다.

왕따 대접을 받고 금방 기분을 풀 생각은 없었다. 데상트 경호팀장이 어색한 미소를 지으며 넌지시 말했다.

"부탁 하나 해도 될까?"

"어떤?"

"우리 팀 모두가 최선을 다해 적을 막았다고 하면 안될까?"

간절한 데상트 경호팀장 표정에 유천이 어이없단 듯 씹어 뱉었다.

"내가 왜?"

"계약을 할 때 조건이 있었네. 성공한 후 사망자에 대해 보상금을 받기로 말이야."

유천은 비릿하게 웃었다.

결국 데상트 경호팀장의 속셈은 분명했다.

자신이 이슬람 테러리스트들을 막은 것을 돌려쳐 경호팀 전체가 막은 것으로 꾸미려는 계획이 확실했다.

"그런데?"

유천이 눈빛을 번뜩이자 데상트 경호팀장이 주춤했다.

"그게……."

"그렇게 해."

유천이 뜻밖에도 순순히 수긍하자 데상트 경호팀장이 놀랐다.

"아니."

"달라지는 게 없어. 난 받을 거 받으면 그만이지. 더해서 그들 가족에게 보상이라, 나쁘지 않아."

"고… 맙네."

"마지막으로 한 가지 충고하지. 적어도 동료라면 그에 맞게 맞게 대접해."

"……."

그 말에는 아무런 말도 없이 얼굴이 벌게지는 데상트 경호팀장이다.

유천은 더 이상 말하지 않고 뒤돌아서 걸었다.

유천이 밖으로 나가는 순간 몽스트르가 얼른 앞을 가로막았다.

"정말 뭐라고 감사를 드려야 할지."

"감사할 거 없습니다. 저는 제 일을 충실히 수행했을 뿐이죠."

"그래도 유천 씨가 아니었으면……."

"죽었겠죠."

유천의 심드렁한 말에 몽스트르가 흠칫한 표정이다. 그때의 공포가 되살아난 듯 얼굴이 잿빛으로 변했다.

"그런데 왜 그렇게 목숨을 걸고 저를 도와주셨는지요."

"한 가지만 기억하십시오."

유천의 말에 몽스트르가 굳은 표정으로 물었다.

"어떤 점인지?"

"저와 한 약속을 지키세요. 그래야 오래 삽니다."

"아!"

그제야 이해가 된다는 듯한 탄성을 발하는 몽스트르를 보고 유천이 손을 내밀었다.

"행복하게 사십시오."

"저들이 또 안 올까요?"

"아마 오기는 힘들 겁니다. 한 번 지독하게 당했기 때문에 좀 더 준비를 해야겠지요."

"그럼 또 온다는 얘긴가요?"

"그렇게까지 신경 쓸까요? 그 인간들, 할 일 무지하게 많습니다."

유천이 빙긋 웃었지만 몽스트르는 아직도 굳은 표정을 풀지 못했다.

"무슨 일이 많을까요?"

"그놈들이 죽이고픈 사람들이 한둘일까요? 한 번 했으면 두 번은 안 할 겁니다. 손해가 너무 크거든요."

"아! 과연 그럴까요?"

"99% 확실하다고 봐야죠. 저들이 바보가 아닌 이상 두 번은 안 올 겁니다. 자신의 정예요원들을 잃고 싶진 않겠죠."

"믿고 싶군요."

"그게 정신 건강에 좋죠. 그리고 튀는 행동은 삼가십시오. 아무리 신경 껐다고는 하나 건드린다면 또 올 겁니다."

"알겠습니다. 조용히 살겠습니다."

"가늘고 길게 사세요."

유천의 말에 몽스트르가 또다시 물어온다.

"그런데 그런 용기는 어디서 나옵니까?"

"용기라. 돈이 좀 필요해서요."

유천은 가볍게 한마디하고 손을 흔들며 점점 몽스트르에게서 멀어져 갔다.

유천이 연락하기도 전에 오베르주 대테러팀장이 보낸 차가 저택에 들어섰다. 완전무장한 네 명의 남자가 서둘러 차에서 내렸다.

그들이 저택 안으로 우르르 들어가자 유천이 운전사에게 물었다.

"오베르주 대테러팀장님이 보낸 겁니까?"

"그런데요."

"다른 차 안 옵니까?"

"올 겁니다."

"빨리 오라고 하세요. 여기 공기가 영 답답해서."

유천의 말에 운전사가 어리벙벙한 얼굴로 변했다.

불과 오 분도 지나지 않아 차 한 대가 전속력으로 달려와 현관 앞에 급정거했다.

탁.

내리는 남자는 눈에 익었다. 처음 저택에 올 때 안내하던 바로 그 남자였다. 유천이 반갑게 손을 흔들며 다가섰다.

"오랜만입니다."

"어찌 된 겁니까?"

"다 끝났습니다. 가시죠."

차에 오르며 유천이 싱긋 웃으며 말했다.


차 시트에 몸을 길게 묻고 유천은 오랜만에 깊은 생각에 잠겼다.

"어설퍼."

아무리 생각해 봐도 이번에 습격해 온 이슬람 테러리스트들의 능력에 대해서 의심을 지우기 힘들었다.

유천이 싸운 바로는 이슬람 테러리스트들이 훈련시킨 정예들은 절대 보통 인간들이 아니었다.

내로라하는 특수부대 뺨칠 만한, 그야말로 인간병기나 마찬가지였다. 그런데 이번에 온 자들은 달랐다.

훈련을 받은 건 알겠는데 뭔가 2% 부족한 모습을 보고 의심을 품은 유천은 하나둘씩 추려가기 시작했다.

전이라면 그냥 스쳐 지나갈 일이었지만 머리가 맑아진 지

금은 가능했다. 짧은 시간 전후 사정을 보고 분석라는 머리가
생겼다.

"약해."

유천이 순간적으로 판단했다.

목숨을 던지는 무모함은 있지만 훈련도가 영 아니었다. 하
다못해 아프가니스탄에서 싸웠던 적들과 비교해도 형편없을
정도였다.

탁!

미심쩍은 마음에 한참을 생각하던 유천이 무릎을 쳤다.

"성동격서!"

동쪽을 노리는 척하며 방심한 틈을 노려 서쪽을 친다.

분명하다.

그 생각이 들자마자 유천은 곧바로 핸드폰으로 인터넷을
검색해 봤다.

하지만 별다르게 두드러진 소득이 없자 유천은 생각할 필
요도 없이 오베르주 대테러팀장에게 전화했다.

"저 유천입니다."

―이번에 수고 많았어요. 그런데 무슨 일로 또…….

말투만 들어봐도 이제는 이용할 거 다 이용했다는 말투다.

유천은 그런 말투 정도에는 신경도 쓰지 않았다.

"한 가지 의심이 들어서 전화했습니다."

"무슨 의심이요?"

약간 긴장한 오베르주 대테러팀장의 목소리에 유천은 직접적으로 이야기하진 않았다.

"최근에 뭐 행사 같은 건 없습니까?"

─행사라니요?

"누가 온다거나 다른 계획 같은 건 없습니까?"

유천의 질문에 오베르주 대테러팀장이 느긋하게 답했다.

─도대체 묻는 의도를 모르겠습니다만.

"만에 하나 있을 불편한 상황이 염려되어서요."

─불편한 상황이라면?

오베르주 대테러팀장도 바보는 아니었다.

유천이 심심해 연락한 일이 아닌 이상 직업의식이 발동했다. 유천은 그 낌새를 눈치채곤 설득에 나섰다.

"이슬람 애들에게 반감을 살 만한 인물들 말입니다."

─없습니다.

단호한 오베르주 대테러팀장 말에도 유천은 포기하지 않았다.

"제가 테러리스트인가요?"

─아니, 무슨 말씀을…….

"서로 좋자고 하는 말입니다."

유천의 설득에 잠시 침묵하던 오베르주 대테러팀장이 입을 열었다.

─잠시 후에 연락드리죠.

"기다리겠습니다."

유천은 다시 시트에 목을 기댔다.

30여 분 후 오베르주 대테러팀장에게서 연락이 왔다.

―유천 씨 말대로 한 가지 일이 있습니다. 스미스 미국무부 중동국장과 세르클 프랑스 외무부 대외협력실장이 만나기로 약속됐습니다. 두 분은 이슬람 테러리스트들에 대해 강경한 입장이지요.

"감사합니다."

―불미스런 일은 없었으면 합니다.

"당연히요. 제가 바라는 바입니다."

―하하, 그 말씀을 들으니 편하네요.

처음엔 어색했지만 결국 대화는 화기애애하게 마무리됐다.

통화를 마친 유천이 운전하는 남자에게 부탁했다.

"인터넷이 되는 호텔로 가주세요."

"그러죠."

처음과 달리 많이 부드러워진 남자의 대답이다. 이후 유천의 머리는 여러 방향으로 빠르게 회전하기 시작했다.

미 국무부 중동국장, 그리고 프랑스 외무부 차관보.

두 사람 모두 이슬람 테러리스트들에게는 과격한 입장이다.

한마디로 이슬람 분리주의자들을 테러리스트 이상으로 여

기지 않는다는 얘기다.

그렇다면 이슬람 테러리스트들이 그냥 넘길 리 없다.

국가 원수급이 아니기에 특별한 경호를 붙이긴 어렵다는 생각이 들었다. 머리를 굴리던 유천의 눈빛이 번뜩였다.

"할 만하네."

오베르주 대테러팀장 말대로라면 두 사람은 공교롭게도 이슬람 테러리스트에 대해 과격한 입장을 표명하고 있었다.

그렇다면 이슬람 테러리스트들이 목표로 삼기에 적당한 상대가 분명했다.

아무래도 경호도 허술하기에 중요한 경고의 의미를 줄 수도 있었다.

두 사람을 제거할 수 있다면 다른 정부 측 인물들이 이슬람 테러리스트들과 격한 대립을 하기는 어려웠다.

자신의 목숨이 소중하다는 것은 누구나 알고 있기 때문이다.

거기까지 판단이 서자 유천은 확신할 수 있었다.

"그래서 정예들이 빠졌군."

맞는다면 분명히 이들을 노리는 것이 확실했다. 다른 것을 염두에 둘 필요가 없었다.

혹시나 아니더라도 아무 상관없었다.

그저 좀 며칠 묵었다고 생각하면 그만이다.

이미 의심은 확신으로 변해갔다.

이쪽으로 집중시키고 저쪽을 친다.

훌륭한 계획이기도 했다.

이쪽에서 성공하면 좋고 실패하더라도 잠깐 안도해 경호에 빈틈이 생기게 마련이다.

"어디 보자."

유천은 입가에 미소를 머금은 채 두 사람의 만남에 대해서 하나둘씩 계획에 대해 생각해 봤다.

그런데 유천이 고개를 갸웃거렸다.

"불가능할 텐데."

아무리 이슬람 테러리스트들이 뛰어나다고 하나 경호 벽을 뚫고 들어가기는 쉽지 않은 이야기다.

"아닌가?"

그러나 일단 짚어봐야 할 이야기이기에 서둘러 오베르주 대테러팀장에게 연락했다.

"두 사람 회동이 언제 잡힌 겁니까?"

─그건 3개월 전부터 예정된 일이지요. 근데 왜……?

"그 스케줄 표를 좀 알 수 있을까요?"

─그건 곤란합니다. 극비 사항입니다.

딱 자르는 오베르주 대테러팀장의 목소리에도 유천은 흔들리지 않았다.

"설마 제가 이슬람 테러리스트들과 짝짜꿍이라도 하겠습니까?"

―그건 아니라도 기밀 사항이라서 곤란합니다.

"그럼 좋습니다. 무슨 일이 벌어진다면 그건 팀장님 책임이겠죠?"

―뭐라고요?

놀란 오베르주 대테러팀장의 목소리에 유천이 폐부를 찔렀다.

"이렇게 연락까지 했는데 그냥 넘어간단 이야기 아닙니까?"

―음.

침음성이 들리자 유천이 말했다.

"일정표 다를 원하는 건 아닙니다. 제가 원하는 건 그 두 사람이 경호 사각지역으로 가는 스케줄이 있느냐 없느냐 그것만 알고 싶습니다."

―왜 그렇게 신경 쓰는 겁니까?

"한 가지만 이야기해도 되겠습니까?"

유천이 말하자 오베르주 대테러팀장의 목소리가 들린다.

―말씀하십시오.

"만약 이 두 사람을 위한 테러가 있고, 그것을 막았다면 어떤 보상이 주어집니까?"

―그거야 사안이 크죠.

시큰둥한 목소리였지만 유천은 귀가 번쩍 뜨였다.

"확실히 포상금은 큽니까?"

─당연히 큽니다. 그런 일이 있다면 크게 보상을 받겠죠.

"금액을 정확히 알 순 없겠죠?"

─하하, 정확한 금액을 말할 수는 없지만 많은 돈을 받을 수는 있을 겁니다.

"그것 때문에 연락드렸습니다."

유천의 말에 오베르주 대테러팀장이 잠깐 침묵했으나 이내 입을 열었다. 아까와는 전혀 다른 목소리다.

─잠깐만 기다려 보시오.

"기다리는 건 잘합니다."

유천이 휴대폰을 들고 채 5분도 기다리지 않아 오베르주 대테러팀장의 목소리가 들렸다.

─외부로 가는 건 첨단기술연구소 방문 계획이 있군요.

"거기가 어딥니까?"

─파리에서 100킬로미터 정도 떨어진 곳입니다. 그런데 거기는 이미 경호 계획이 발동 중일 텐데요.

"경호 계획이라면 어떤 계획입니까?"

─그거야 극비 사항이라서 말씀드릴 수 없습니다.

오베르주 대테러팀장이 의심스러운 목소리로 말하자 유천은 태연하게 대답했다.

"아까 했던 말이나 기억해 주십시오. 그럼."

유천은 더 이상 말할 필요를 느끼지 못했다.

이 정도라면 충분한 정보였다.

유천은 파리 관광호텔에 들어서자마자 고민에 빠졌다.

유천은 다시 한 번 두 사람의 회동 날짜, 장소들을 살펴보고는 고개를 끄덕였다.

"여기가 확실해. 그런데 어떻게 알았을까?"

그러나 답은 이내 나왔다.

몽스트르 사례를 보더라도 수많은 기밀이 새어 나가 결국은 습격당한 것이 아닌가.

그렇다면 프랑스 정부 쪽에서도 문제가 있다는 이야기다.

"돈이겠지?"

유천이 싱긋 웃었다.

돈이라면 귀신도 부린다는 세상이다.

프랑스에서도 돈을 좋아하는 몇몇 인간이 움직였음이 분명했다.

그렇다면 여기서도 분명 비밀이 샜을 게 확실했다.

이제 첨단기술연구소 방문까지는 불과 3일이 남았을 뿐이다.

시간 끌 일이 아니었다.

유천은 호텔을 나서서 택시를 잡아타곤 곧바로 첨단기술연구소 쪽으로 향했다.


현장에 도착해 주위를 둘러보던 유천의 눈빛이 한곳에서

딱 멈췄다.

"저기군."

아무리 봐도 그 이상 시야가 확보되고 저격하기 좋은 위치는 없었다.

유천은 한동안 그쪽을 살펴보더니만 눈빛이 서늘하게 빛났다. 그러나 그것도 잠시, 이내 빙긋 미소를 지었다.

잠시 후 아무 말 없이 돌아서서 한참을 걸어 내려간 후 유천이 휴대폰을 열었다.

"팀장님, 유천입니다."

―아, 정유천 씨. 또 어쩐 일로?

"아무래도 장거리 저격용 라이플이 필요할 것 같습니다. 구해줄 수 있겠습니까?"

잠시 침묵이 흐르더니만 오베르주 대테러팀장의 갈라진 목소리가 들렸다.

―그건 곤란합니다. 왜 그러는지는 아실 겁니다.

"나중에 문제가 될까 봐 그렇습니까?"

―솔직히 그렇습니다.

"다르게 구할 방법은 없습니까?"

유천이 묻자 오베르주 대테러팀장이 쉬지 않고 대답했다.

―한곳을 알려드리지요. 그곳에 가려면…….

"쉽게 말해 암시장이군요."

―맞습니다. 그런데 위험한 곳입니다. 우리의 손길이 닿지

않는 곳이지요. 그저 정보로만 알고 있는 곳입니다.

"괜찮습니다. 정보만 입수했으면 됐습니다."

무신경한 유천의 말에 오베르주 대테러팀장이 신경 쓰인 듯 목소리가 더욱 진중해졌다.

―다시 말씀드리지만 거기에서 무슨 일이 발생해도 저희와는 무관한 일입니다.

"좋으시겠네요."

유천의 뜻밖의 말에 오베르주 대테러팀장이 흠칫한 목소리로 물었다.

―무슨 말씀이신지?

"책임 피할 데가 있어서. 좌우간 감사합니다."

유천은 대답도 듣지 않고 휴대폰을 덮었다.

상대가 그렇게 나오는 것은 당연한 일이기도 했다.

유천은 그런 사소한 것에 신경 쓰고 싶지 않았다. 유천은 곧바로 차를 오베르주 대테러팀장이 말해준 장소로 움직였다.

저녁이 되어 도착한 장소는 파리에서도 유명한 유흥가 거리였다.

아직 초저녁인데도 이미 환락의 분위기가 거리 곳곳에서 물씬 풍기고 있었다.

사방에는 거의 벗다시피 한 늘씬한 여자들이 거리를 활보하고 있었다.

"보긴 좋네."

아직 젊은 혈기의 청년인지라 유천도 불끈 솟음을 느꼈으나 고개를 저었다.

지금은 즐기러 온 것이 아니었다.

저벅저벅.

유천은 지체없이 오베르주 대테러팀장이 말한 곳으로 걸음을 옮겼다.

오베르주 대테러팀장이 말한 장소는 환락가 중에서도 가장 뒤쪽에 있는 곳이라 보통 시민들이 가지 않는 곳이었다.

항상 범죄의 온상이라 일반 사람들이 가기를 꺼리는 곳이다.

철컥.

유천은 거리낌없이 문을 열고 들어섰다.

한마디로 안의 풍경은 가관이었다.

거의 전라의 여자들과 남자들이 뒤엉켜 민망한 자세를 연출하고 있었다.

씨익.

유천은 남몰래 미소를 지으며 무시한 채 걸었다.

젊은 남녀들도 제법 보였지만 유천은 신경 쓰지 않았다.

자신 또한 일이 없다면 저기 끼지 않는다는 보장이 어디에도 없었다. 그러나 상대들의 반응은 달랐다.

다들 흠칫한 표정으로 유천을 바라봤다. 날카롭고도 의아한 시선에 유천이 잠시 민망할 지경이다.

"동양인이 어떻게 여기를?"

그 말이 들렸지만 유천은 무시한 채 카운터로 향했다.

카운터에 서자 안에 있던 구레나룻 남자가 고까운 시선으로 유천을 바라봤다.

유천은 그의 시선은 신경 쓰지 않고 말했다.

"여기 그랑메르라고 있습니까?"

"당신 누구야?"

"소개를 받고 왔습니다."

유천은 아무도 모르게 점퍼 안쪽 호주머니에서 달러를 보여주었다. 그러자 남자의 표정이 살짝 변하더니만 말했다.

"이쪽으로 따라오슈."

유천은 말없이 그의 뒤를 따랐다. 여전히 시선이 따라다녔지만 유천은 무시했다. 그러나 한 남자가 술 취한 목소리로 유천에게 말했다.

"여기 왜 왔어, 동양인?"

"하던 일이나 해라."

"이 자식이!"

벌떡 일어나는 어깨를 슬쩍 찍어 눌렀다.

그러나 보통 악력이 아니기에 남자가 고통스러운 듯이 신음을 흘렸다. 유천은 그를 바라보며 조용히 말했다.

"까불지 마."

그 말과 동시에 걸음을 옮겼다.

모두를 제압한 한 가지 행동으로 안에 있던 사람들이 잠시 주춤한 사이 벌써 유천은 모습을 감췄다.

카운터 뒤로 돌아선 유천이 남자를 따라간 곳은 좁고 긴 통로였다.

한참을 가서야 마지막 철문이 보였다.

텅텅.

철문을 두드리자 안에서 조그마한 창이 열렸다. 그저 사람 얼굴 정도 보일 만한 창에서 그리 곱지 않은 인상의 남자가 말했다.

"무슨 일이야?"

"그랑메르 만나러 왔다는데?"

"확인했어?"

끄덕.

남자가 고개를 끄덕이자 드디어 철문이 열렸다.

철컥.

문이 열리자 안쪽 풍경이 유천의 시선에 그대로 들어왔다.

의외로 정갈한 실내 분위기였다.

마치 이런 곳이 아니라면 사무실이라고 해도 무방할 정도였다. 유천이 망설임없이 안으로 들어서자 철문이 다시 닫혔다.

안에는 다섯 명의 남자가 유천을 쳐다보고 있었다.

그중 한 남자가 노려보며 말했다.

"내가 그랑메르인데 무슨 일이지?"

"물건 좀 구입하러 왔지."

"물건이라, 돈은?"

"이미 확인했을 텐데?"

유천이 짧게 말했다.

길게 말하고 싶어도 프랑스어가 달려 더 이상은 말하기 힘들었다.

유천은 속으로 생각했다.

'공부를 더 해야 해.'

유천이 생각하는 사이 그랑메르가 살벌한 미소를 지으며 입을 열었다.

"어디서 왔지?"

"내가 어디서 온 것이 물건 사는 데 영향을 미치나?"

"아, 그런 건 아니지. 재밌는 친구군. 그래, 어떤 물건을 원해?"

"저격 총, 그리고 권총."

"소음 권총을 원하는 거겠지?"

"아니. 둘 다. 소음기는 필요 없어."

유천의 머릿속에는 이미 계산기가 돌아가고 있었다. 그러자 남자가 흠칫한 표정으로 유천에게 물었다.

"테러를 할 생각인가?"

"아니."

가만히 바라보던 그랑메르가 유천에게 말했다.

"테러를 일으켜서 나중에 여기가 밝혀지면 곤란한데."

"그럴 일은 없어."

"그럼 이유를 물어도 되겠나?"

"말해 줄 필요성을 못 느끼겠는데."

유천이 강하게 나가자 그랑메르가 음산하게 웃었다.

"하긴 그렇지. 만약 여기를 발설하면 너는 쥐도 새도 모르게 죽어."

"그건 네 마음대로."

유천은 말을 아꼈다.

그러자 그랑메르가 가만히 유천을 쏘아보더니 말했다.

"5만 달러."

"미친 거 아니야?"

유천이 싸늘하게 말했다.

"뭐라고?"

"원가가 얼만데 5만 달러야?"

"위험수당이라는 게 있지."

"지랄하네."

유천이 드디어 거칠게 나갔다.

처음부터 느꼈지만 이들은 자신이 동양인이라고 깔보는

것이 기색이 역력했다. 그랑메르가 유천의 욕설에 흥분한 얼굴로 소리쳤다.

"여기가 어딘지 알고 큰소리야?"

"모르지. 내가 아는 건 적과 친구뿐이야. 넌 어느 쪽이지?"

유천이 반문하자 그랑메르가 가만히 바라보더니 드디어 미소를 지었다.

"하하! 괜찮은 친구군. 좋아. 자, 골라봐."

그랑메르가 버튼을 누르자 한쪽 벽이 서서히 갈라지기 시작했다.

그 안에 수십 정이 넘는 총이 걸려 있다. 유천은 그쪽으로 다가가 망설임없이 총 두 개를 집어 들었다.

"이거하고 이걸로 하지."

"총 좀 쏠 줄 아는군. 정말 무슨 일이지?"

"한마디만 하지. 외인부대 출신이야."

"그래?"

그제야 남자의 표정이 살짝 변했다.

외인부대 출신이라면 절대 무시할 수 없는 상대다.

"어디 근무했는지 알 수 있나?"

"특수부대."

유천의 짧막한 한마디에 남자의 표정이 또다시 변했다.

그도 이미 이 계통에 있다 보니 외인부대의 특수부대가 어떤 곳인지는 익히 알고 있었다.

유천이 신분을 밝히자 태도가 순식간에 변했다.

주위에서 유천을 노려보던 네 사람의 시선도 흔들리는 것이 느껴졌다. 유천은 바로 총 두 개를 집어 탁자 위에 내려놓았다.

턱.

"다시 한 번 묻지. 얼마야?"

묵묵히 바라보더니만 남자가 말했다.

"8천 달러."

유천은 말없이 달러 뭉치를 꺼내 앞에 내려놓았다.

"렌트비로 3천 달러. 이 정도면 적절할 텐데?"

"이 친구 장사를 해도 잘하겠군. 좋아, 이렇게 하지. 프랑스를 위해 특수부대에 갔다는 것을 인정해 주는 거야."

"지랄하지 말고."

유천이 짤막하게 말하자 그랑메르가 웃었다.

"도대체 말이 안 통하는 친구군. 4천 달러."

"좋아."

유천은 더 이상 깎지 않았다. 사천 달러 정도면 적당한 시세이기도 했다. 유천은 총을 들고 그랑메르에게 말했다.

"가방 하나 줘야지."

"가방은 서비스로 주지."

가방을 꺼내주자 유천은 능숙한 동작으로 총을 분해하기 시작했다.

턱, 턱턱.

순식간에 긴 저격총이 자그마한 가죽 가방에 들어갈 정도로 만들어졌다.

"오! 실력이 보통이 아니군."

유천은 대꾸 없이 가방과 권총을 뒷주머니에 찔러 넣은 후 손을 내밀었다.

"좋은 거래 고마워."

"또 오면 그때는 단골 대접을 해주지."

"싫지 않은 말이군."

유천이 나가려 하자 한 남자가 유천에게 갑자기 주먹을 휘둘렀다.

유천은 재빠르게 주먹을 잡자마자 사정없이 비틀었다.

콱! 우지직!

"으악!"

비명을 지르며 남자가 팔을 잡고 고통에 겨워 비틀거렸다. 유천은 그를 거들떠보지도 않고 그랑메르를 쏘아봤다.

"장난치는 건가?"

"아니. 시험이었어."

"팔이 부러졌을 테니까 치료 잘하라고."

유천의 싸늘한 말에 그랑메르도 조금 질리는 모양이다. 그도 이런 세계에 있다 보니 사람 볼 줄은 알았다.

유천의 눈빛만 봐도 얼마나 위험한 사람인지 직감하고 있었다.

저런 자를 잘못 건드렸다간 여기 있는 다섯 명은 죽을지도 몰랐다.

죽일 수도 있지만 죽을 수도 있는 상황.

여기서 자존심을 내세울 필요는 없었다.

그것을 빠르게 판단한 그랑메르가 팔을 활짝 펼치며 말했다.

"미안하군."

"미안해할 건 없어. 대가를 치렀으니까. 문 열어주지?"

"열어줘라."

그랑메르 말에 한 남자가 얼른 문을 열었다.

유천은 그제야 밖으로 나가며 손을 들었다.

"잘 지내."

"여기까지 왔는데 한 번 놀고 가면 어떻겠나?"

"놀고 가다니?"

"여자들이 즐비한데."

"대사를 앞두고 잡일을 하면 재수 털려."

유천이 가볍게 농담으로 받자 그랑메르가 히쭉거렸다.

"아니, 그런 말도 있지 않는가. 여자 안고 나면 일이 잘 풀린다는 속설."

"그건 도박판에나 통하는 속설이지."

유천이 빙긋 웃으며 나가다 주춤거렸다.

"다음엔 프리하게 놀러 오지."

"준비해 두지."

유천은 그제야 뒤로 손을 흔들며 밖으로 걸어 나갔다.

# 8장

소르셀르리

가게 밖으로 나선 유천은 그제야 어깨를 쭉 폈다.

"만만치 않은 곳이었어."

순간 오베르주 대테러팀장에 대한 생각이 떠올랐다.

"이 인간이 무슨 생각으로 여길 보냈지?"

여러 가지 생각이 떠올랐지만 굳이 파고들고 싶지는 않았다.

중요한 것은 자신은 털끝 하나 다치지 않고 나왔다는 사실이다.

총을 수중에 쥐게 되자 유천이 오베르주 대테러팀장에게 연락했다.

"무전기 하나만 주시죠."

—도대체 무슨 일이 일어난다는 겁니까?

"지금 말해줘 봐야 믿겠습니까?"

—…….

오베르주 대테러팀장의 답변이 들리지 않았다.

일어나지도 않은 일을 가지고 왈가왈부한다는 것은 어려운 일이다.

유천이나 오베르주 대테러팀장이나 그 사실을 너무나 잘 알고 있었다.

유천이 슬쩍 말을 건넸다.

"밑져야 본전 아닙니까?"

—밑져야 본전이라니?

"한국 속담입니다. 만약을 대비해서 아무 일이 없다면 그걸로 다행인 거 아니겠습니까? 설마 무전기 렌탈비가 아깝습니까?"

—그건 아닙니다. 알겠습니다. 드리도록 하죠. 파리 개선문 쪽에……."

위치를 설명하는 오베르주 대테러팀장의 말에 유천이 곧바로 대답했다.

"가서 기다리죠."

통화를 마친 유천이 발걸음을 옮겼다.

남들은 모르지만 유천의 머릿속은 사정없이 회전하고 있

었다.

몇 시간 후 유천은 다시 첨단기술연구소 앞에 있는 언덕 맞은편에 조용히 자리 잡았다.

남는 건 시간밖에 없는 상태였다.


십여 분 후 길가에 서 있던 유천에게 한 여자가 다가왔다.

처음에는 자신을 찾는 것이 아니라고 생각했지만 점점 더 확신이 짙어갔다.

여자는 생긋 웃으며 유천 코앞까지 다가섰다.

전형적인 프랑스 여인이었다.

그런데 놀라운 건 미모였다. 원래 서양 여자들이 아름답긴 하지만 정도가 넘었다.

파란 눈에 금발, 그리고 글래머로 매력이 철철 넘치는 스타일이었다. 가까이 온 여자가 붉은 립스틱을 칠한 입술을 달싹거렸다.

"정유천 씨?"

"그렇습니다만."

여자가 크게 놀랐다.

대단한 실력을 가진 자라 듣고 왔다. 막연히 거친 얼굴을 상상했다.

그런데 막상 본 유천은 동양인답지않게 매력을 뿜어내는 미남이었다.

잠시 놀랐지만 여자가 이내 태연한 척 입을 열었다.

"안녕하세요. 소르셸르리라고 해요. 오베르주 대테러팀장님이 보내서 왔어요."

"아, 예. 물건 주십시오."

유천은 곧바로 손을 내밀었으나 소르셸르리는 고개를 저었다.

"같이 가라고 하던데요?"

"무슨 소리입니까?"

뚱딴지같은 소리에 유천의 눈이 커지자 소르셸르리가 말했다.

"같이 움직이라고 지시를 받았습니다."

"잠시만요."

유천은 곧바로 휴대폰을 꺼내 들고 오베르주 대테러팀장에게 연락했다.

"정유천입니다. 뭐가 어떻게 되는 겁니까?"

―이런 중요한 일에 혼자 보내기는 애매하죠. 동반자라고 생각해 주세요.

"감시자겠죠."

유천이 한마디 하자 오베르주 대테러팀장의 목소리가 대뜸 높아졌다.

―그럼 이런 일에 어떻게 함부로 혼자 보낼 수 있습니까. 연락할 사람도 필요하고.

"남자로 보내지 그러셨어요."

—요새 동성애가 유행이라서 남자 둘이 붙어 다니면 오해 받기 십상입니다.

"그래서 여자를 보낸 겁니까?"

유천이 묻자 오베르주 대테러팀장의 대답이 이어졌다.

—왜, 불편하세요?

"힘든 일인데 여자가 당해낼 수 있겠습니까?"

—훈련을 받은 요원이니 잘해낼 겁니다.

유천은 더 이상 왈가왈부하지 않았다.

어차피 정해진 일인데다가 아무래도 남자보다 여자가 나았다.

통화를 마치고 난 유천이 소르셀르리에게 말했다.

"향수가 샤넬 19인가요?"

"그걸 어떻게 아시죠?"

"냄새가 하도 독특해서 잘 알죠. 자, 갑시다. 차는 준비했겠죠?"

"그럼요."

"덕분에 편하게 가겠네요."

유천은 긍정적으로 생각하기로 했다.

아무래도 나긋나긋한 여자와 같이 있다 보니 기분도 나쁘지 않았다.

잠시 판단을 내린 유천이 소르셀르리에게 말했다.

"차는 어디 있습니까?"

"차요?"

"아니, 그러면 걸어서 이동하려고 생각했습니까?"

"차야 있지만."

"끌고 이리오세요."

그 말을 끝으로 유천은 시선을 돌려 버렸다.

옆에 있던 소르셀르리는 무언가 말하고 싶었지만 끝내 참고 발길을 돌렸다.

불과 5분도 지나지 않아 유천 앞에 차가 섰다.

끼익.

윈도우가 열리고 소르셀르리의 목소리가 들렸다.

"어서 타세요. 어디로 갈까요?"

"첨단기술연구소로요."

짤막한 유천의 말에 소르셀르리는 마음에 들지 않아하는 눈치다. 그러나 유천의 입장에서는 소르셀르리의 기분까지 맞춰줄 생각은 없었다.

이후 냉랭한 드라이브가 이어질 수밖에 없었다.

10여 분쯤 달리자 소르셀르리의 입이 열렸다.

"거기서 무슨 일이 벌어질 거라 확신하나요?"

"내 생각에는요."

"안 벌어진다면 어떻게 되는 거예요?"

"그럼 좋은 일이죠."

유천의 담담한 말에 소르셀르리 눈꼬리가 올라갔다.

"그게 무슨 말이에요?"

"아무 일도 안 벌어지면 다치는 사람도 없고 얼마나 좋습니까."

"진심인가요?"

"글쎄요."

유천은 싱긋 웃었다.

아무 일도 벌어지지 않는다면 모두 헛고생하는 셈이다. 그러나 세상일은 장담하기 힘들었다.

아무에게도 말하지 않았지만 유천은 스스로 확신하고 있었다.

그 확신이 틀릴 수도 있지만 아직까지는 확신한다.

소르셀르리가 드디어 날이 선 말투로 입을 열었다.

"그럼 저도 헛고생할 수도 있겠네요."

"그럴 수도 있죠."

"빌어먹을."

거칠게 말이 나왔지만 유천은 흔들리지 않았다.

"왜, 화가 나나요?"

"그럼요. 얼마 만에 현장 경험인데요."

"현장요원 아닙니까?"

"아직은 아니에요."

약간 자존심 상한 말투에 유천이 고개를 끄덕였다.

오베르주 대테러팀장이 순순히 현장요원을 보내줄 리 없었다.

다른 할 일도 많은 현장요원을 자신에게 보내준다는 건 쉽지 않았다.

오베르주 대테러팀장도 아직 확신하지 못한다는 생각이 들었다. 유천이 심드렁한 말투로 물었다.

"그럼 무슨 일을 하고 있나요?"

유천이 묻자 소르셀르리가 냉큼 대답했다.

"현장요원을 보조하는 일을 하죠."

"그래요? 중요한 일 하네요."

"중요한 게 뭐예요. 스릴감도 하나도 없고."

의외의 말에 유천이 눈을 살짝 돌렸다.

"현장에서 일하고 싶어요?"

"그럼요. 그거 하려고 여기 왔는데."

"아차 하면 죽을 수도 있습니다."

"죽는 건 무섭지 않아요."

유천이 소르셀르리를 보며 담담하게 말했다.

"그쪽처럼 아름다운 분이 죽으면 많은 남자들이 슬퍼할 것 같은데."

"지금 작업 거시는 거예요?"

"아니요. 있는 그대로 이야기했을 뿐입니다."

소르셀르리가 뾰족하게 째려보고는 말문을 닫았다.

유천도 굳이 말할 필요가 없기에 그저 앞만 보고 이동했다. 점점 더 길고 지루한 자동차 여행이 될 수밖에 없었다.

첨단기술연구소 근처에 도착한 유천이 한쪽을 가리켰다.

"저쪽 주차장으로 들어가죠."

소르셸르리는 말없이 유천이 말한 주차장으로 이동했다.

차가 서자마자 유천은 내려 모텔 쪽으로 향했다. 뒤에서 따라오던 소르셸르리가 신경질적인 목소리였다.

"지금 어딜 가시는 거예요?"

"잠 좀 자려고요."

"뭐라고요?"

"방 두 개 잡아요. 이건 공금으로 처리되는 거죠?"

유천은 더 이상 말다툼하고 싶은 마음이 없었다. 그러나 소르셸르리는 여기서 멈출 일이 아니었다.

"지금 숙소 먼저 잡는 거예요?"

"일단 사람이 쉬어야 힘을 낼 거 아닙니까."

유천의 답을 들은 소르셸르리의 표정이 묘하게 변했다.

"안 돼요. 다른 곳으로 가요."

"다른 곳이라니, 여기에도 사놓은 주택이 있어요?"

"그런 건 없는데요. 좌우간 여긴 아니에요."

"그럼 안내해 보시던가요. 어디를 가려고요?"

"……"

순간 말문을 닫은 소르셀르리를 보고 유천은 앞뒤 사정을 직감했다.

"혹시 나와 24시간 같이 있으라는 지시를 받았나요?"

"그래요."

"그럼 그렇게 하시던가. 일단 난 쉬어야겠어요."

유천이 안으로 들어가자 소르셀르리가 다시 한 번 말했다.

"그러지 말고요, 다른 곳을 생각해 보죠."

"다른 곳이라니?"

"주택을 빌려주는 데가 있을 거예요. 그쪽으로 가죠."

유천도 더 이상 거부하지 않았다. 소르셀르리 말대로 하면 피곤할 일이 줄어들 뿐이다.

물론 소르셀르리가 눈이 튀어나올 정도의 미모를 가진 여인이었지만 지금은 일이 더 중요했다.

괜히 여자에 정신 팔려 산통 깨고 싶은 마음은 없었다.


공교롭게도 집을 구할 수가 없었다.

무려 네 시간 동안 헤맸지만 그나마 있는 렌트 가옥들은 모두 임대되어 빈 집이 없었다.

소르셀르리가 난감한 표정으로 바라보는 순간 유천은 서슴없이 모텔 쪽으로 걸음을 옮겼다.

"잠깐만요."

"오기 싫으면 말고요."

유천은 거침없이 들어가 계산을 치르고 방으로 올라갔다.

방문을 닫으려는 순간 목소리가 들렸다.

"저도 갈게요."

들어서는 소르셀르리의 얼굴이 굳은 결심을 한 표정이다.

유천은 그런 것과 상관없이 셔츠를 훌렁 벗고 욕실로 향했다.

"이봐요!"

기겁한 소르셀르리의 외침에 대꾸 없이 유천은 욕실로 들어갔다.

10여 분 후 개운하게 몸을 씻고 나오는 유천 앞에 소파에 앉아서 웅크린 소르셀르리의 모습이 보인다.

유천은 소르셀르리에게 한마디 건넸다.

"커피라도 한 잔 하시던가요."

그 말을 끝으로 유천은 침대에 벌렁 드러누웠다.

피곤이 슬슬 밀려온 탓인지 유천은 불과 3분도 지나지 않아 깊은 잠 속에 빠져들었다.

"뭐 저런 인간이……."

소르셀르리가 잔뜩 독이 오른 채 침대만 노려봤다.


결국 유천이 눈을 뜬 것은 밤늦은 시간이었다.

그동안 쪼그리고 앉아서 버티던 소르셀르리가 뾰족한 음성으로 유천에게 말했다.

"오늘 밤이 지나면 렌트 주택으로 갈 거예요."

"편한 대로 해요."

유천은 소파 맞은편에 털썩 주저앉았다. 잔뜩 웅크린 소르셀르리의 모습에 유천은 피식 웃음이 나왔다.

"뭐가 그렇게 두려워요?"

"……."

아무런 대꾸 없는 소르셀르리에게 유천이 다시 말했다.

"왜, 내가 덮칠까 봐요?"

"그쪽은 남자잖아요."

"남자 맞아요."

"허튼짓하면 가만두지 않을 거예요."

잔뜩 독이 오른 고양이처럼 몸을 웅크리는 소르셀르리를 보고 유천이 싱긋 웃었다.

"싫다는 여자 덮칠 마음 없습니다."

"그걸 어떻게 믿어요?"

"하긴 믿기 힘들겠네요. 그런 경험이 많나봅니다?"

유천이 살짝 비아냥거리자 소르셀르리는 대꾸 없이 노려보기만 한다.

유천은 바로 TV를 틀고 화면에 집중했다.

적당한 액션 영화라 목소리를 안 들어도 볼 만했다.

한참을 노려보던 소르셀르리가 드디어 입을 열었다.

"볼륨 좀 줄여요."

유천이 대꾸 없이 있자 바로 리모컨으로 볼륨을 줄이는 소르셸르리의 화난 모습이다. 유천이 처음으로 살짝 짜증을 냈다.

"참, 이 여자 귀찮네."

"뭐라고요?"

"주지도 않을 거면서 뭐 그렇게 간섭이 많아요?"

"지금 그걸 말이라고 하는 거예요?"

"있는 그대로 얘기했을 뿐입니다."

유천이 팔짱을 끼자 소르셸르리가 말했다.

"도대체 지금 뭐하는 건지 저한테 설명해 줄 수 있어요?"

"설명할 이유가 있습니까?"

"당연히 있죠. 그쪽이 요청해서 제가 온 거 아닙니까."

"저는 그쪽을 요청한 적 없습니다."

유천의 말에 소르셸르리가 약이 바짝 오른 모습이다.

"오베르주 대테러팀장님에게 말씀하셨잖아요."

"말했죠. 그런데 동반잔지 감시잔지 모를 사람을 보내준다는 이야기는 없었습니다."

"뭐라고요?"

"싫으면 돌아가라고요."

유천이 짜증스러운 듯이 말하자 소르셸르리의 눈에서 살짝 이슬이 맺혔다.

유천은 그런 여자의 눈물에도 신경 쓰지 않았다.

그렇게 또 한 번의 대치가 이뤄졌다.


잠시 시간이 흐른 후 소르셀르리가 마음의 변화가 왔는지
와인을 가져왔다.

"한잔할래요?"

"좋습니다."

술을 마다할 유천이 아니었다.

와인 잔에 술을 따르고 유천이 먼저 건배를 제의했다.

쨍.

잔을 부딪치고 유천은 입에 와인을 부어넣었다.

"근사한데요."

"좋은 와인인데요? 제 첫 현장 출동을 기념해서 제가 사온
거예요."

"덕분에 잘 마십니다."

유천이 말하자 소르셀르리가 입술을 꼭 깨물더니 말했다.

"제 첫 현장 경험이 이렇게 엉망이 될 줄은 몰랐어요."

"도대체 왜 그렇게 현장을 원합니까?"

"멋지잖아요."

소르셀르리의 말에 유천이 어이없다는 듯이 바라봤다.

"멋있다는 건 지금 이 순간을 말하는 거고, 조금 있으면 생
사가 바뀔지도 모릅니다. 그게 현장일걸요?"

"경험이 많은 것 같네요?"

"비슷한 경험은 했죠."

"외인부대에서 근무했다고 들었어요."

소르셀르리의 말에는 가시가 돋쳐 있었다. 무식하게 전투만 일삼는 외인부대원이라는 힐난도 조금은 섞여 있는 느낌이다.

그러나 유천은 개의치 않고 말했다.

"더 확실한 일일지도 모르죠. 죽지 않으면 죽는 곳이니까."

그 말이 섬뜩한 듯 소르셀르리의 눈빛이 살짝 변했다. 그러나 소르셀르리는 술 몇 잔을 더 마신 후 속내 얘기를 털어놓았다.

"현장요원이 되고 싶어요. 그래서 이번에도 자원했어요."

"오베르주 대테러팀장이 보낸 게 아니고요?"

"얘기하는데 제가 손을 들고 자원했죠."

"순순히 보내주던가요?"

"이번만은 그러던데요?"

유천은 오베르주 대테러팀장의 속셈을 훤히 짐작할 수 있었다. 확신이 안 가는 일에 보내는 요원으로는 소르셀르리가 적격일 수도 있었다.

유천은 가만히 바라보며 한마디 했다.

"좋은 일이 있을지도 모르겠습니다."

"좋은 일이라니요?"

"그쪽이 원하는 대로요."

"그게 가능할까요?"

"어쩌면요."

유천이 그 말을 끝으로 다시 자리에서 일어났다.

"어디 가요?"

소르셀르리가 묻자 유천이 답했다.

"한숨 더 자려고요."

"침대가 하나밖에 없잖아요."

"그럼 침대에 자던가."

소르셀르리가 유천을 가만히 바라보더니만 침대 쪽으로 향했다.

모텔은 불행히도 방문이 있는 곳이 아니었다. 결국 침대에서 자더라도 다른 사람이 훤히 볼 수 있었다.

소르셀르리는 옷도 제대로 벗지 못한 채 시트 안으로 들어갔다.

유천은 그것을 보고 피식 웃었다.

"대범한 척하기는."

유천이 보기에도 소르셀르리의 가슴이 벌렁거리는 것이 한눈에 보였다.

그러나 소르셀르리는 태연한 듯이 이불 안으로 들어가 중얼거렸다.

"깨우지 마요."

유천은 대답 없이 베란다 쪽으로 향했다.


'내가 왜 이러지?'

소르셀르리가 몇 번이고 머리를 가볍게 쳤지만 이상하게 흔들리는 마음은 커져만 갔다.

자고로 운전면허시험장에선 면허증 소지자가 부러움의 대상이었다.

이 세계에선 능력이 최고였다.

저기 저 남자는 매력적이다 못해 치명적이었다.

능력도 있고 외모까지 갖췄다.

"음."

소르셀르리가 뭔가 결정한 듯 몸을 일으켰다.

프랑스 여자들은 개방적이다.

거기에 소르셀르리는 더더욱 그러했다.

소르셀르리는 고심 끝에 유천을 유혹하기로 마음먹었다. 최고의 현장요원이라는 소문을 들었는데 그냥 보내기가 너무나 아쉬웠다.


홀로 차가운 밤공기를 만끽하던 중 유천은 다가오는 인기척을 느꼈으나 모르는 척했다.

점점 가까이 다가온 인기척은 유천의 뒤에 살포시 안겼다.

뭉클. ╱

등에 부드러운 살결의 느낌이 닿았다.

그뿐만이 아니었다. 바짝 밀착하자 향수 냄새와 여자 특유의 살 내음에 유천이 순간적으로 강한 충동을 느꼈다.

유천은 뒤돌아보지 않아도 누군지 알고 있다.

"왜 이럽니까?"

"그냥 가만히 있어요."

부드러운 느낌이 이제는 몸 앞으로 다가서자 유천은 참을 수 없는 충동에 움찔했다.

아니, 굳이 참을 필요가 없었다.

달뜬 숨소리, 그리고 향긋한 여자 냄새가 풍기자 유천이 고개를 슬쩍 들며 물었다.

"계산인가요, 아님 내가 매력적이라서?"

"후자라고 하죠. 동양인이 이렇게 매력적인 느낌을 주는 건 처음이에요."

"당신이 자초한 일입니다."

유천은 뒤돌아서며 바로 소르셀르리를 와락 끌어안았다.

"읍."

어느새 유천의 입이 소르셀르리의 입을 덮쳤다.

유천은 소르셀르리를 번쩍 안아 들고 침대로 향했다.

하얀 살결, 그리고 달뜬 숨소리가 유천을 더 이상 껍데기를 걸치지 못하게 만들었다.

뜨거운 열기가 침대에 휘몰아쳤다.

유천은 부드러운 그녀의 육체에 빠져들어 한참 동안이나 즐거운 항해를 즐겼다. 남자로서 최고의 즐거움 중 하나인 섹스였다.

부드러운 교성이 들리자 흥분감은 더욱 배가됐다.

"좋네."

"아무 말 말아요."

소르셸르리가 잔뜩 달뜬 목소리로 대답하자 유천은 빙긋 웃으며 다시 파도를 타기 시작했다.

그러길 물경 두 시간이 지난 후 유천은 천천히 그녀의 몸 위에서 내려섰다.

유천은 잠시 심호흡을 하며 마음을 가라앉힌 후 소르셸르리에게 반말조로 말했다.

"왜 이랬지?"

"……."

아무런 답변이 들리지 않았다.

유천은 더 이상 묻고 싶은 생각이 없었다. 이 상황에서 피차 말을 하지 않는다면 더 이상 좋은 일은 없었다.

유천이 소르셸르리를 바라보자 영롱한 눈빛으로 바라보는 시선에 곧바로 다시 소르셸르리를 와락 끌어안았다.

"어머."

"오늘 밤은 유난히 짧을 것 같아."

소르셸르리는 아무런 반항 없이 그대로 유천에게 빨려들

어 갔다.

소르셸르리는 연주하는 대로 움직이는 악기였다.

유천이 움직이는 대로 리듬을 타고 여러 음악을 들려주는 그야말로 최상의 악기이기도 했다.

그렇게 또 한 번의 열풍이 휘몰아치기 시작했다.

열정의 시간은 길고도 길었다.

강력한 유천의 정력은 소르셸르리를 한시도 가만두지 않았다.

새벽이 거의 다 되어서야 두 사람은 조금씩 이성을 찾았다.

유천이 가만히 누워 있는 사이 소르셸르리가 유천의 가슴에 손을 얹고 귀에 대고 속삭였다.

"현장요원이 그렇게 어려운가요?"

"글쎄. 안 해봐서 모르겠는데?"

"당신은 최고의 현장 경험을 가진 사람이라고 들었어요."

"누가 그래?"

"오베르주 대테러팀장님이요."

"직접 보기 전에는 믿지 마."

유천이 냉정하게 말했으나 소르셸르리는 더욱더 파고들었다.

"저도 현장요원이 되고 싶어요."

"목숨이 왔다 갔다 하는 일이 왜 그렇게 좋지?"

"짜릿함이 좋아요."

"짜릿함이라……. 스릴을 좋아하는군."

"아마도요?"

소르셀르리가 바라보자 유천은 더 이상 말을 하지 않았다.

묻고 싶은 이야기가 많았지만 유천은 굳이 묻지 않았다.

대신 유천은 소르셀르리를 슬며시 끌어안고 또다시 열풍에 휩싸일 준비를 했다.

소르셀르리는 여자로서는 최고였다.


아침 해가 밝아 오자 유천이 자리에서 일어나 소르셀르리를 툭 쳤다.

"일어나지."

"으음."

아직 잠에서 덜 깬 듯 묘한 신음 소리를 냈다. 유천은 순간적으로 다시 한 번 덮치고 싶은 마음이 있었으나 다음 계획을 생각해 일단 참았다.

"일어나. 할 일이 있어."

"무슨 일?"

"현장요원이 되고 싶다며."

번쩍.

거짓말처럼 소르셀르리가 눈을 번쩍 떴다.

유천은 그런 소르셀르리를 보고 한마디 했다.

"가자고."

"가르쳐 줄 거예요?"

"배울 수만 있다면."

유천은 이미 옷을 갈아입은 상태였다. 소르셸르리는 얼른 일어나 바로 욕실로 향했다.

30분이 지나기 전에 두 사람은 다시 차에 올랐다.

"어디로 가지?"

소르셸르리가 방긋 웃으며 묻자 유천이 담담하게 말했다.

"인적이 없는 곳."

"알았어."

눈치챈 듯 소르셸르리가 차를 몰아가기 시작했다. 그 둘이 도착한 곳은 깊은 산속 인적이 없는 숲 속이었다.

"여기가 좋네."

유천은 곧바로 소르셸르리를 돌아봤다. 소르셸르리는 기대에 충만한 눈빛으로 바라봤다.

"현장요원이 뭔지 알아?"

"알죠. 현장을 뛰면서……."

"아니. 그게 중요한 게 아니야. 자신의 목숨을 살리는 게 제일 중요해."

"네?"

"죽은 다음에 무슨 현장요원이 필요하겠어. 안 그래?"

틀린 말도 아니기에 소르셸르리가 고개를 끄덕였다.

"그리고 강한 심정, 냉정한 마음이 있어야 돼."

"그게 무슨 말이죠?"

"저쪽에 가서 서 있어봐."

"어디요?"

"저 나무."

아름드리나무에 소르셀르리가 서 있자 유천은 지체없이 소음총을 뽑아 들었다.

푸슝! 푸슝! 푸슝!

세 발의 총탄이 발사되었다. 소르셀르리는 고개를 숙인 채 바르르 떨고 있다.

"정신 차리고 옆을 봐."

"지금 뭐하는 거예요!"

"옆을 보라니까."

유천의 말에 소르셀르리가 신경질적으로 옆을 바라보다 흠칫 놀랐다.

정확히 머리 위, 그리고 양쪽 어깨 위에 총탄 자국이 보였다.

"느낀 게 있어?"

"뭘 느껴요?"

"지금 한 것은 딱 한 가지야. 만약에 적에게 잡힌 동료가 있다면 그 뒤에 있는 적을 쏠 수 있는 심장, 그게 중요해."

"내가 죽을 뻔했잖아요."

"자신을 믿어야지. 그게 없다면 현장요원은 꿈이야."

유천의 말에 소르셀르리가 그제야 느낀 듯 말했다.

"아! 저도 해보고 싶어요."

"그냥 쏴."

"저기 서란 말이에요."

"너 같으면 서겠냐? 일단 총을 들어봐."

총을 든 소르셀르리의 손이 바르르 떨렸다.

"아직 냉정한 마음이 없어. 일단 쏴봐. 저기에 내가 서 있다고 생각하고 내가 쏜 탄을 따라 그대로 쏴봐."

푸슝! 푸슝! 푸슝!

소르셀르리가 지체없이 쐈으나 총알이 조금 빗나갔다.

그러나 유천은 고개를 끄덕였다.

"그래, 그런 냉정한 마음가짐이 필요해. 그런데 하나가 부족하네."

"뭐가요?"

"정확도. 저기 봐봐. 내가 서 있었다면 머리통에 한 방, 가슴에 한 방 맞았겠는데?"

소르셀르리가 부끄러운 듯 얼굴이 붉게 달아올랐다.

"일단 그게 필요해. 적을 봤을 때 흔들리지 않는 마음, 그 냉정한 심장이 필요해. 그리고 정확한 판단은 더더욱 중요하지."

"그 모든 게 살기 위한 방법이란 얘기죠?"

"그렇지. 살아야지. 살아야지 임무를 수행하든지 말든지

할 거 아니야. 됐어. 가자고."

"그게 다예요?"

"그게 다야. 나머지는 실전으로 해. 지금까지의 유약한 자신을 버리면 되는 일이지."

"왜 이런 호의를 베풀죠?"

소르셀르리가 묻자 유천이 슬쩍 돌아보며 말했다.

"그걸 원한 게 아닌가?"

"제가 뭘요?"

"어제."

"그만해요!"

소르셀르리의 얼굴이 붉게 달아올랐다.

사실 유천의 말은 틀리지 않았다.

그런데 유천이 자신의 마음을 꿰뚫은 듯이 말하자 조금은 부끄럽기도 하고 서운하기도 했다.

"가자고."

"꼭 그런 마음뿐만은 아니었어요."

"그럼 내가 매력적이었나?"

"약간은요."

그제야 뒤로 몸을 돌린 유천이 말했다.

"다시 확인해 보자고."

"뭘?"

"확인해 보면 알지."

유천이 싱긋 웃으며 차로 향했다.

뒤에 따라오던 소르셀르리가 고개를 절레절레 흔들며 말했다.

"뭐 저런 인간이……."

말은 그렇게 했지만 점점 유천에게 빨려들어 가는 심정이다. 순간 화들짝 놀란 소르셀르리가 약간 반항적으로 물었다.

"그렇게 냉정한 사람이 왜 나한테 이런 걸 가르쳐 주죠?"

"한 가지 이유가 있지."

유천의 짤막한 대답에 소르셀르리가 얼른 다가섰다.

"무슨 이유요?"

"나랑 잤던 여자가 개죽음당하는 건 보고 싶지 않아."

"정말요?"

대번에 화색이 도는 소르셀르리의 얼굴을 보고 유천은 고개를 저었다.

"그렇다고 오버하진 말고."

"그거면 충분해요."

소르셀르리가 생글생글 웃었다.

평소답지 않은 유천의 태도에 소르셀르리의 마음이 사르륵 녹아내린 모양이다.

유천은 그런 소르셀르리를 보고 아무런 미동조차 하지 않았다.

오해를 하든 말든 그건 그녀의 자유였다.

자신은 할 말을 했을 뿐이다.

이후 유천은 정성을 다해 소르셀르리를 지도했다. 얼마나 강행군인지 소르셀르리가 기진맥진해 하소연을 늘어놨다.

"힘들어요."

"죽는 거 보다야 낫지."

"훈련 받다 죽겠어요."

"그건 팔자지."

"뭐라고요?"

소르셀르리가 뾰족하게 외쳤으나 유천은 끄덕도 하지 않았다.

"싫으면 관둬."

"할게요."

소르셀르리가 독기를 풀풀 뿜어냈다.

유천은 소르셀르리를 어르고 달래며 간단한 훈련을 거듭했다. 지금은 이 일이 시간 죽이기에는 아주 좋았다.

# 9장

## 멋지게 해치우자

열심히 소르셀르리를 훈련시키는 사이 드디어 계획한 날 아침이 밝았다.

유천은 자리에서 일어나자마자 곧바로 떠날 준비를 서둘렀다.

어느새 소르셀르리도 일어나 옆에서 움직이며 입을 열었다.

"이제 가는 거야?"

"그래."

"그런데 있으면 테러리스트들이 올까?"

유천은 대답 대신 웃었다.

더 이상 말하지 않고 유천은 곧바로 방문을 나섰다.

지하 주차장에 주차된 차에 오르자 운전대를 잡은 소르셀르리가 말했다.

"첨단기술연구소로 가는 거야?"

"가자. 시간이 그렇게 많지 않아."

시계를 보던 유천이 말하자 소르셀르리가 얼른 움직였다.

이제 불과 두 시간 정도 남았을 뿐이다.

차로 첨단기술연구소까지 가는 데는 불과 15분 정도밖에 걸리지 않았다.

유천은 차에서 내리자마자 얼른 저격용 소총을 들고 언덕으로 올라갔다.

"헉헉!"

뒤에 따라오던 소르셀르리가 거친 숨소리를 토했지만 유천은 개의치 않았다.

앞만 보고 걸어가던 유천을 보고 소르셀르리가 살짝 삐쳐서 말했다.

"좀 같이 가면 안 돼?"

"현장요원이 꿈이라며."

"그치만."

"이 정도는 아무것도 아니야."

유천의 한마디에 소르셀르리가 입을 꾹 다물었다.

잔뜩 독기 서린 표정으로 유천의 뒤를 따르는 소르셀르리의 얼굴이 점점 지쳐갔다.

그렇게 30여 분을 오르자 적당한 위치를 잡은 유천이 소총을 맞은편 언덕 쪽으로 내려놓으며 땅에 털썩 주저앉았다.

거리는 불과 200여 미터.

유천은 바로 하늘을 보고 벌렁 누워 편안한 휴식을 취했다.

옆에 있던 소르셀르리는 유천을 보고 이해할 수 없다는 표정이다.

"이렇게 한가한 곳에 왜 빨리 올라왔어?"

"냉정을 가져야지."

유천의 한마디에는 모든 것이 담겨 있었다.

소르셀르리가 밝은 표정으로 말했다.

"그러니까 현장요원은 이런 데에 숙달돼야 된다는 거지?"

"숙달이 아니라 몸에 배어 있어야지."

"저쪽에 테러리스트가 있다는 거야?"

"……"

유천의 입에선 답이 나오지 않았다.

그렇게 시간이 흐르고 흘렀다.

소르셀르리가 초조해하며 말했다.

"이제 곧 있으면 도착하는데 헛수고하면 어떻게 해."

"……"

유천은 대답 없이 도로변을 노려봤다.

얼마의 시간이 지나자 유천이 손목시계를 바라봤다.

이제 불과 10여 분 후면 도착할 시간이다.

슬슬 준비해야 될 시간이기에 유천이 바로 저격용 라이플을 꺼내 언덕 쪽을 겨눴다.

거리는 불과 500여 미터.

저격총의 사정거리에는 충분히 들어오는 거리다.

유천은 묵묵히 그 자세를 유지하고 있었다.

도로변 저쪽에서 10여 대의 차가 몰려오고 있다.

차가 첨단기술연구소로 점점 접근해 오자 유천은 곧바로 소총 방아쇠를 잡은 채 망원렌즈에 초점을 맞췄다.

부웅.

앞에 메르세데스 벤츠 차를 앞세우고 호위하는 모습이다.

끽.

차가 서자 바로 경호원들이 한 차를 둘러쌌다.

철컥.

문이 열리고 내리는 사람들이 보였다.

스미스 국무부 중동국장과 세르클 프랑스 외무부 대외협력실장이다.

두 사람을 바라보던 유천이 다시 시선을 돌렸다.

그 모습을 바라보던 소르셀르리가 옆에서 말했다.

"내가 도와줄 건 없어?"

"조용히 하고 있는 게 도와주는 거지."

그 말에 노려보는 소르셀르리였지만 이미 유천의 시선은

정면을 주시하고 있었다.

끼익.

옆에서 차 서는 소리와 함께 사람들 내리는 소리가 들린다.

망원경으로 바라보던 소르셸르리가 한마디 했다.

"두 사람 모습이 보이네."

유천은 대꾸 없이 망원렌즈에서 시선도 돌리지 않았다.

스윽.

멀리 언덕에서 검은 총구가 나오는 모습이 보였다.

소음기가 장착된 저격용 소총이 분명했다.

유천은 길게 심호흡하고 방아쇠를 잡은 손에 서서히 힘을 풀었다.

소총이 완전히 나오는 것을 보자마자 유천은 방아쇠를 두 번 당겼다.

탕! 탕!

총성 네 발이 들렸다.

픽! 픽!

유천은 정확히 소총의 총구를 두 번 격타했다. 그 덕분에 두 사람을 겨누던 총탄이 빗나가 담벼락에 부딪쳤던 것이다.

바로 연구소 담벼락에 박히던 두 발의 총성이 순식간에 사방을 난장판으로 만들었다.

"어서 차 안으로!"

"저격이다!"

경호원들이 언덕을 향해 총을 난사하기 시작했다.

타다다다!

목표를 알지 못하는 지향 사격이었지만 쏟아지는 수백 발의 총탄만으로도 언덕 쪽은 총탄세례 속에 묻혀갔다.


소리치는 소리에 유천은 얼른 소총을 패대기치고는 권총을 든 채 언덕 쪽으로 달려갔다.

"잠깐만."

"따라오지 마. 위험해."

유천은 한마디 하고는 달려갔다. 그러나 소르셀르리는 유천의 경고에도 불구하고 뒤따라오고 있다.

유천은 그녀의 안위까지 돌볼 겨를이 없었다.

아니, 돌보는 것보다 적을 제거하는 게 더 급선무였다.

다시 한 번 소총이 쑥 들어가더니만 바로 비트에서 움직임이 보였다.

유천은 어느새 비트로 달려가 허공으로 붕 몸을 띄웠다.

쿵! 쿵!

정확히 두 개의 비트를 강타하는 유천의 발이다.

"컥!"

짤막한 비명 소리가 들렸다.

유천은 곧바로 비트를 확 뒤집었다.

그러자 불과 흙으로 위장됐던 비트 입구가 열리며 두 사람이 엎드려 고통스러워하는 모습이 보인다.

유천은 곧바로 권총으로 두 사람의 이마를 강타했다.

파박!

"컥!"

짤막한 비명과 함께 두 사람이 기절했다.

그제야 유천은 따라온 소르셀르리에게 말했다.

"무전으로 보고해. 테러리스트 잡았다고."

"뭐라고요?"

"둘이서 잡았다고 해."

"정말요?"

소르셀르리의 얼굴에 화색이 돌았지만 유천은 대답 없이 고개를 끄덕일 뿐이다.

소르셀르리는 바로 무전기를 켜고 말했다.

"테러리스트 제압했습니다. 조치 부탁드립니다. 여기 위치가……."

신경 써서 보고하는 소르셀르리의 목소리가 밝아졌다.

유천은 기절한 두 명의 테러리스트를 보다가 소르셀르리에게 물었다.

"이놈들 얼굴 알아?"

"어떻게 알아요?"

"혹시 현상금 걸린 놈들인지 봐줘."

유천의 말에 소르셀르리가 얼른 다가서 두 사람을 유심히 살피다가 깜짝 놀랐다.

"아니, 이자들은!"

"알아?"

"현상금이 걸린 자들 맞아요. 왼쪽은 오백만 달러, 오른쪽은 삼백만 달러일걸요?"

"확실해?"

유천의 목소리가 살짝 떨렸다.

혹시나 해서 물어본 건데 상상외로 거액이 걸린 테러리스트들이었다.


그때 밑에서 움직임이 보였다.

검은 양복을 입은 네 명의 남자가 산길을 비호같이 올라오기 시작했다.

그들이 올라오는 데는 불과 10여 분이 걸리지 않았다.

그들이 도착하자 유천은 소르셀르리에게 말했다.

"얘기하고 설명해."

"가려고요?"

"그럼 가야지. 여기서 뭐 할 거야."

유천이 말하자 소르셀르리가 말했다.

"같이 가요."

"아니. 나중에 얘기해도 충분해."

유천은 이 자리에 끼어 있을 필요성을 느끼지 못했다. 자신의 얼굴을 노출시키고 싶은 마음이 없었다.


몇 분 지나지 않아 곧바로 오베르주 대테러팀장에게서 연락이 왔다.

ㅡ정유천 씨, 정말 멋지게 일을 처리했더군요.

"그렇게 말씀해 주시니 마음이 편하네요."

ㅡ어떻게 그들이 습격할 걸 알았습니까?

"확신은 없었습니다."

유천은 짐짓 겸손을 부렸다. 여기서 자신이 생각했던 모든 것을 이야기한다는 것은 그리 현명한 일이 아니었다.

뛰어난 육체 능력에 머리까지 갖췄다면 경계할 것이 분명했다.

그러나 오베르주 대테러팀장은 집요하게 물고 늘어졌다.

ㅡ수고하셨습니다. 이런 정보를 아는 유천 씨가 참 희한하게 느껴지는군요.

"한 가지뿐이었습니다. 그때 몽스트르를 습격한 테러 분자들이 좀 약하더군요."

ㅡ단지 그 이유 때문입니까?

"그냥 추측이 맞았을 뿐입니다."

ㅡ그나저나 이쪽으로 오셔야겠습니다.

"그쪽으로요? 무슨 일입니까?"

유천이 모르는 척 시치미를 떼자 오베르주 대테러팀장이

밝은 목소리로 대답했다.

─지금 두 분이서 정유천 씨를 꼭 뵙겠다고 합니다.

"뭐 별일 없었으면 된 거죠."

─아니요. 꼭 뵙겠다고 하니까 오십시오. 안 오시면 제 입
장이 난처해집니다.

"뭐 정히 그렇다면. 어디로 갈까요."

─지금 차를 보냈는데 어디 계십니까?

"지금 여기 위치가……."

유천이 있는 장소를 얘기하자 오베르주 대테러팀장의 빠
르게 대답한다.

─잠시만 기다리면 차가 갈 겁니다.

유천은 제자리에 우뚝 서서 기다렸다.

오베르주 대테러팀장의 장담대로 불과 5분도 지나지 않아
검은 세단 한 대가 앞에 섰다.

"정유천 씨 맞으시죠?"

유천이 고개를 끄덕이자 뒷좌석 문을 열어주는 호의까지
베풀었다.

"타시죠. 기다리고 계십니다."

유천은 말없이 차에 올라탔다.

차를 타고 간 곳은 바로 첨단기술연구소였다.

첨단기술연구소 정문을 들어서자마자 현관 앞에 스미스
미국무부 중동국장과 세르클 프랑스 외무부 대외협력실장이

서 있다.

유천이 차에서 내리자마자 두 사람이 다가왔다.

"오늘 큰 신세를 졌습니다."

"별말씀을요."

"이쪽으로 드시죠."

두 사람은 정중하게 유천을 맞이했다.

유천으로서도 기분 나쁘지 않은 일이다. 거실에 들어서자 두 사람이 바로 유천 맞은편 의자에 앉았다.

상석이 비어 있는 것이 두 사람이 얼마나 유천을 예우하는 지를 알 수 있었다.

유천이 말없이 앉아 있는 사이 먼저 스미스 국무부 중동국 장이 말했다.

"덕분에 목숨을 구했습니다."

유천이 말없이 고개를 끄덕이자 오베르주 대테러팀장이 말했다.

"사실 큰일을 해주신 겁니다. 만약 일이 잘못됐다면 두 나 라의 협력은 물거품이 될 수도 있었습니다."

"제가 정치는 잘 모릅니다."

"하하, 너무 어려운 말을 했군요."

그 말이 끝나자마자 옆에 있던 스미스 국장이 말했다.

"저도 미국 정부에 얘기했습니다."

"무슨 말씀이신지?"

유천이 고개를 갸웃거리자 오베르주 대테러팀장이 먼저 말했다.

"은성무공훈장을 드리기로 했습니다."

"은성무공훈장이요?"

미국 최고 훈장이다.

그 가치를 잘 알기에 유천이 놀랐다.

은성무공훈장.

명예훈장 다음으로 알아주는 미국 훈장이었다.

그때 옆에 있던 세르클 프랑스 외무부 대외협력실장이 말했다.

"저희 프랑스에서는 레지옹도뇌르 훈장을 드리기로 했습니다."

유천은 두 훈장을 주겠다는 말에 속으로는 시큰둥했다.

'현찰로 주지.'

그러나 겉으로 내색하진 않았다.

"그렇게까지 신경 안 써주셔도 됩니다."

그 옆에 배석해 있던 오베르주 대테러팀장이 말했다.

"정유천 씨, 두 훈장이 의미하는 것이 뭔지 압니까?"

"모릅니다."

"두 훈장은 미국이나 프랑스에서 정유천 씨가 실수하더라도 그것을 면책할 수 있는 특권을 줍니다. 그뿐만이 아닙니다. 정유천 씨가 원한다면 언제든지 시민권을 발급할 대상이 됩니다."

거기서 유천의 눈이 반짝였다.

그 정도면 쓸 만하다는 생각에 유천이 고개를 끄덕였다.

"주신다면 받겠습니다."

유천은 굳이 사양하지 않았다. 그러자 스미스 국장이 싱긋 웃었다.

"듣던 대로 솔직하시군요."

"좋은 걸 주시겠다는데 굳이 사양할 바보는 아닙니다."

"이야기를 들어보니 대단한 실력을 가지고 있는데, 혹시 우리 미국과 일할 생각 없습니까?"

"없는데요. 죄송합니다."

"왜 그런 실력을 썩히려고 하는지요?"

"저는 사업을 하고 싶습니다. 편안하게 살고 싶다는 이야기죠."

유천의 말에 스미스 국장이 고개를 갸웃거렸다.

"편하게 살고 싶다고요?"

"이런 일을 하다 보면 언제 죽을지 모르지 않습니까? 하루 하루를 살얼음판 위에서 살고 싶은 마음은 솔직히 없습니다."

유천의 말에 스미스 국장이 그제야 고개를 끄덕였다.

옆에서 조용히 듣고 있던 세르클 프랑스 외무부 대외협력 실장이 유천을 보며 호의를 보였다.

"혹시 부탁이 있으면 몇 가지 들어드리지요."

"부탁이요?"

"목숨을 구해준 은인인데 그 정도는 충분히 해드릴 용의가 있습니다. 제가 프랑스 정부에서 그리 녹록한 위치는 아니지 않습니까?"

"마약을 팔아도 될까요?"

유천의 농담에 세르클 프랑스 외무부 대외협력실장이 파안대소를 터뜨렸다.

"하하하! 그런 농담은 거북하네요."

가만히 생각하던 유천이 한 가지를 떠올리곤 얼른 말했다.

"혹시 유학 관계 일을 할 수 있을지 모르겠습니다."

"네?"

"한국에서 프랑스로 유학 오고 싶어하는 수많은 학생이 있습니다. 그런데 유학 절차가 상당히 복잡하고 어려워서 난해한 점이 있습니다."

"그런가요?"

"한국과 프랑스의 우호관계를 위해서도 유학 절차에 대해서 좀 더 간소화할 필요가 있을 것 같습니다. 그걸 제가 하고 싶습니다."

"잠시만 기다려 보십시오. 즉답을 하기는 어렵군요."

역시 세르클 프랑스 외무부 대외협력실장은 노련한 관료였다.

세르클 프랑스 외무부 대외협력실장은 이내 자리를 피했다.

유천은 밑져야 본전이라는 심정으로 말했기에 편안한 마음으로 기다렸다.


30여 분이 지난 후 다시 돌아온 세르클 프랑스 외무부 대외협력실장이 미안한 표정으로 말했다.

"오래 기다리게 해서 죄송합니다."

"별말씀을요."

"교육부와 통화해 봤는데 그다지 어려운 점은 없더군요. 자격 조건만 갖춘다면 유학생을 얼마든지 받아들이겠답니다."

"다른 조건은 없습니까?"

"프랑스 유학을 희망하는 학생들에 한해서 랭귀지스쿨 등 다양한 프로그램도 가능하다는군요."

"감사합니다. 제대로 해보겠습니다."

"그런데 왜 하필이면 유학 사업입니까? 다른 일도 많을 텐데."

"한국에서 절대 망할 수가 없는 사업이거든요."

"그런가요?"

아직 한국 실정을 모르는 세르클 프랑스 외무부 대외협력실장이 묻자 유천은 힘차게 고개를 끄덕였다.

"나중에 아시게 될 겁니다."

"좌우간 도움이 됐다니 다행입니다."

두 사람은 굳게 악수했다.

유천은 뜻밖의 소득을 얻자 더욱 마음이 푸근해진 느낌이다. 현상금도 현상금이거니와 이런 장기적인 프로젝트를 할 수 있다는 것이 좋았다.

'역시 높은 놈들은 알고 봐야 해.'

유천은 일부러 사양하지 않았다.

이어 옆에 있던 스미스 국무부 중동국장도 유천을 바라보며 말했다.

"저도 도움이 될 수 있다면 언제든 도와드리겠습니다."

"역시 사양하지 않겠습니다."

유천은 속으로 싱긋 웃었다.

두 사람이 미국과 프랑스에서의 권력이 만만치가 않다. 그 두 사람이 도와준다면 자신이 앞으로 일하는 데 상당한 도움이 될 것은 분명했다.

그거 하나로 충분히 만족했다.

이야기가 적당히 끝나고 다시 밖으로 나오는 유천에게 오베르주 대테러팀장이 슬며시 물었다.

"그런데 유천 씨, 제가 하나 물어도 되겠습니까?"

"뭡니까?"

"미리 막을 수도 있던 일 아닙니까?"

"글쎄요."

유천은 알 듯 말 듯한 미소를 지으며 즉답을 피했다.

그러자 오베르주 대테러팀장이 환하게 웃으며 말했다.

"하긴 어떻게든 막았으면 된 거죠. 저라도 그랬을 것 같군요."

유도심문이었지만 역시 유천은 웃음으로 대할 뿐 아무런 말도 하지 않았다.

"정유천 씨."

"말씀하시지요."

"혹시……."

"같이 일하자는 이야기면 사양하겠습니다. 저 사업가로 성공하고 싶습니다."

"아, 그러시군요."

더 이상 강권하지 못하는 오베르주 대테러팀장의 목소리에 아쉬움이 묻어나온다. 유천은 그의 아쉬움 따위에는 관심이 없었다.

그러나 유천은 한 가지 생각이 들자 오베르주 대테러팀장에게 말했다.

"근데 그 테러리스트 현상금 있지 않습니까."

"아, 네. 바로 입금될 겁니다."

"아니, 입금 필요 없고요, 가능하다면 주한프랑스 대사관에서 직접 현금으로 받고 싶은데요."

"왜 그런……?"

"출처를 추적하면 골치 아파져서요. 그럼 제가 이 일을 벌였다는 게 여러 군데에 알려질 거 아닙니까."

"그렇군요. 그건 저희도 원치 않습니다."

오베르주 대테러팀장의 눈빛이 빛났다.

지금까지 유천의 존재는 어디에도 알려지지 않았다. 그런데 만약 돈 때문에 알려진다면 자신의 입장에서는 그리 좋은 일이 아니었다.

유천은 훌륭한 인재이다. 그 인재를 다른 쪽에서 안다는 것은 내키지 않았다.

그게 한국 정부라 해도 마찬가지였다.

결정을 내린 오베르주 대테러팀장이 흔쾌하게 말했다.

"알겠습니다. 한국에 들어가서 프랑스 대사관으로 찾아가십시오. 이름을 대시면 바로 찾을 수 있게 조치해 드리겠습니다."

"여러모로 감사드립니다."

유천은 자신의 뜻이 관철되자 한결 밝은 표정으로 말했다.

그 모습을 바라보던 오베르주 대테러팀장이 슬쩍 농담을 던졌다.

"그 대가를 주셔야 될 텐데."

"이걸로 충분하지 않나요?"

"물론 충분하지만 나중에 혹시라도……."

"그건 나중에 생각합시다."

유천은 한마디로 끊어버렸다.

이것을 핑계로 또 한 번 일을 부탁해 올까 봐 영 내키지가 않았다.

자신에게는 할 일이 많았다.

성공, 그리고 자신을 노리는 어둠의 존재들에 대한 것만으로도 충분히 골치가 아팠다.

그런데 이런 일까지 더해서 더욱 성가신 일을 만들 생각은 전혀 없었다.

유천이 오베르주 대테러팀장에게 말했다.

"부탁 하나만 더 해도 되겠습니까?"

"무슨 부탁이요?"

"아프가니스탄을 좀 가야 되겠는데요."

"아프가니스탄이요? 가시면 되는 일 아닙니까?"

"그게 교전 지역이라서요."

"아, 그래서 제 도움이 필요하다는 거죠?"

"제가 외인부대하고 직접 거래하고 싶은 생각이 없거든요."

유천이 한마디로 말하자 오베르주 대테러팀장이 이해한 듯이 말했다.

"알겠습니다. 외인부대에 연락해 보겠습니다. 답변이 오는 대로 곧바로 연락드리지요."

"그래주시면 고맙겠습니다."

"별말씀을. 이번에 큰일을 해줘서 제가 더 어깨에 힘이 납니다."

"도움이 되셨습니까?"

유천이 넌지시 묻자 오베르주 대테러팀장이 기쁜 표정으로 말했다.

"잘하면 승진하겠습니다."

"승진 그거 좋죠. 원래 공무원이라는 게 승진 보고 사는 거 아닙니까?"

"하하! 그렇죠?"

두 사람은 서로를 바라보며 굳게 손을 잡았다.

유천은 꿩 먹고 알 먹는 기분이다. 그때 오베르주 대테러팀장이 봉투를 하나 슬쩍 내밀었다.

"이건 현상금과 별도로 프랑스 정부에서 주는 보상금입니다."

"개인적으로 주시는 건 없습니까?"

"이쪽에 다 포함되어 있습니다. 액수는 섭섭지 않을 겁니다."

유천은 그 앞에서 봉투를 열어보고는 고개를 끄덕였다.

"만족합니다."

"바로 연락드리도록 하죠."

서로에게 좋은 일이 된 셈이다. 오베르주 대테러팀장에게는 승진 케이스가 되었고, 유천은 돈도 받고 여러 가지 혜택을 받았으니 나쁠 일이 전혀 없었다.

'고생한 보람이 있어.'

유천이 생각난 김에 오베르주 대테러팀장에게 말했다.

"조언 하나만 더 드려도 될까요?"

"말씀하시죠."

"아니, 이건 추천이라고 해도 되겠군요. 소르셀르리라는 요원 아시죠? 저한테 안내자로 붙여줬던 여자."

"잘 압니다. 왜, 무슨 안 좋은 일이라도 있었습니까?"

"아닙니다. 좋은 일이죠. 현장요원으로 쓸 만하더군요."

"현장요원이요?"

오베르주 대테러팀장이 영 의심에 찬 눈초리를 보낸다.

유천은 그런 그의 표정을 깨끗이 묵살하고 한마디 했다.

"현장 어시스트로 최곱니다."

"아, 어시스트요?"

"일을 하는 데 편안하게 해주더군요. 그거 하나로도 충분히 현장요원이 되지 않을까요?"

"다른 사람도 아니고 정유천 씨 부탁이니 알겠습니다. 그런데 위험한 일에 왜 그렇게 자청하는지 모르겠습니다."

"사람은 다 제 잘난 맛에 사는 거죠."

"하하, 그럴 수도 있겠군요."

두 사람은 서로를 바라보며 활짝 웃었다.

유천은 이것으로 깨끗이 빚을 지우는 기분이다. 현장요원. 위험한 일이지만 소르셀르리가 원한다면 한 번쯤은 얘기해 줄 생각이었다.

　마침 오베르주 대테러팀장이 호의적으로 나오자 유천은 내심 회심의 미소를 지었다.

　'좋은 일인지는 모르지만 한번 해봐.'

　속으로만 중얼거렸다.


　30여 분 후, 막 떠나려는 유천에게 어디서 나타났는지 소르셀르리가 나타났다.

　"축하드려요."

　"갑자기 존댓말 쓰니 이상한데?"

　유천이 싱긋 웃자 소르셀르리가 물었다.

　"혹시 팀장님에게 내 이야기했어?"

　"했지."

　"고마워요. 두 달간 훈련받고 저도 현장요원이 된대요."

　한껏 기뻐하는 소르셀르리에게 유천이 시큰둥하게 말했다.

　"위험한 일이야."

　"알아요."

　"젠장."

　"왜요?"

유천이 욕을 하자 소르셀르리가 당황해하며 물었다. 유천은 가만히 바라보다가 한마디 했다.

"너무 아름다워서."

"네?"

"꼭 살아 있어야 해. 만약 무슨 일이 생기면 연락하고."

"그럴게요. 당신 실력을 아니깐 거절은 안 해요."

"현명하군."

유천이 소르셀르리를 살짝 껴안았다. 보면 볼수록 아름다운 여인이다. 그러나 이제 유천은 한국으로 돌아가야 했다.

"서운해요."

"다음에 또 보자고."

"기대할게요."

소르셀르리 눈에 강한 유혹이 실리자 유천은 마음이 흔들렸다.

그러나 유천은 애써 외면하고 발길을 돌렸다.

뒤에선 눈가에 이슬이 맺힌 소르셀르리가 한없이 유천을 바라보고 있다.

# 10장

## 나머지 반의 인연

하루 후.

오베르주 대테러팀장에게서 연락이 왔다.

—아프가니스탄 건이 해결됐습니다. 개선문 앞에 가면…….

"감사합니다."

유천은 개운한 마음으로 개선문 쪽으로 걸어갔다.

십여 분을 기다린 유천은 개선문 앞에서 한 남자를 만났다. 덩치가 만만찮은 프랑스인이었기에 첫눈에도 외인부대원임을 알 수 있었다.

"이쪽으로 오시죠."

그가 누구인지 알 이유도 관심도 없다. 유천은 아무 말 없이 남자를 따라 공항 밖으로 나갔다. 밖에는 차가 대기 중이었고, 가볍게 올라탔다.

부웅!

차가 출발하자 앞에 앉은 남자가 말한다.

"부대장님이 기다리고 계십니다."

"가면 되죠."

간단명료한 답에 남자가 말문을 닫았다. 시트에 기대 팔짱을 끼고 유천이 생각에 잠겼다.

외인부대장 이름,

애써 기억한다면 떠오를 수도 있다. 하지만 이번이 마지막 만남이라는 생각에 굳이 떠올리고 싶지는 않았다.

부를 때 이름을 부를 것도 아닌 바에야 굳이 기억할 이유가 없었다.

좋은 추억보다는 나쁜 추억이 많은 곳, 거기서도 악명이 자자했던 인물이다.

차는 유천의 생각과 상관없이 빠르게 달려 파리 외곽에 있는 외인부대 본부로 들어섰다.

유천이 차에서 내려 안내를 받아 외인부대장실로 향했다.

똑똑.

노크를 하고 들어서자 낯익은 얼굴이 보인다. 낯익다고 해봐야 불과 서너 번밖에 보지 않은 얼굴이다.

외인부대장이 자리에서 일어서자 유천이 성큼성큼 다가가 손을 내밀었다. 이제 부하도 아니기에 거침없이 나갔다.

"오랜만입니다."

순간 주춤하던 외인부대장이 마주 손을 잡았다.

"시원시원한 성격은 여전하군."

"절 잘 아십니까?"

"좀 알고 있지. 그런데 이제 다시 왔으니까 예의를 차려주는 게 어떻겠나?"

외인부대장이 기분 나쁜 표정으로 경고했다. 유천은 전혀 아랑곳하지 않고 할 말을 했다.

"이제 부하도 아닌데 굳이 격식을 따질 필요 없지 않습니까?"

유천의 말에 외인부대장이 잠시 머뭇거리다 이내 억지로 웃었다.

"하하, 그럴 수도 있겠군. 일단 앉지."

소파로 안내하자 유천이 신경 쓰지 않고 털썩 주저앉았다. 그나마 상석에 앉는 무례는 범하지 않았다.

그건 마음에 든 듯 외인부대장이 1인용 소파에 앉아 눈빛을 마주쳤다.

"차 한 잔 하겠는가?"

"아침부터 몇 잔 마셨더니 생각이 없습니다."

"그런가? 그럼 본론을 얘기하지. 자네 아프가니스탄으로 파견 나갔었지?"

"지긋지긋한 곳이죠."

"그때 마지막으로 점령했던 탈레반 진지 간다고 들었는데?"

외인부대장의 목소리가 슬쩍 떨림을 눈치챈 유천이 대답했다.

"맞습니다."

"꼭 가야겠나? 정부 측에서 최대한 편의를 봐주라 했지만 거긴 아냐."

"가야 합니다."

"솔직히 말하지. 거기에 문제가 생겼어."

"말씀해 주시죠?"

일단 자르고 보는 유천의 대답이다.

외인부대 부대원들은 전투에 능한 인간들이다. 하지만 외인부대장과 간부들은 머리 굴리기에 더 능했다.

그 점을 경험으로 잘 알고 있는 유천이기에 쉽게 말려들지 않았다.

그러나 외인부대장도 나이가 준 경험을 바탕으로 만만치 않게 나왔다. 말은 안 했지만 외인부대장도 골치가 아팠다.

프랑스 정부 고위관리로부터 부탁 받은 이야기 때문이었다.

"정유천 씨를 최대한 배려하시오. 프랑스를 위해 큰일을 하신 분입니다."


지랄이었다.

외인부대장은 한껏 목소리를 부드럽게 했다.

"자네 한국에서 사업했다고 그러던데."

"장사죠."

"아무래도 사업을 하려면 일찍 한국에 돌아가야 하지 않겠나?"

"바라는 바죠."

유천은 이 대목에서는 솔직하게 나갔다. 공연히 여기서 말을 돌려봐야 자신에게 돌아올 이익은 없었다.

외인부대장은 기회를 잡았다는 듯이 눈빛을 반짝였다.

가만히 생각하던 유천이 싱그럽게 웃었다.

"아무래도 가야겠습니다."

"무슨 일이 생기면 내가 난처해."

"각서 쓸까요?"

"지금 각서가 문제인가? 정부 측에서 안 된다고 난리야."

"제 조건을 들어주셔야 할 텐데요. 일단 말씀이나 들어보죠."

유천은 쉽게 말려들지 않겠다는 듯이 몸을 뒤로 기댔다. 흥정은 붙여야 제 맛이고 거래는 밀고 당기는 맛이 있어야

한다.

외인부대장은 내심 혀를 내둘렀다.

'나이도 어린 녀석이.'

자신과 거의 대등하게 나오는 대화술에 기가 막혔다.

'저놈, 외인부대원이 아니라 영업하면 잘하겠네.'

생각도 잠시 외인부대장이 곧 마음을 가다듬고 원하는 이야기를 꺼내놓았다.

"그쪽에서 어떤 일이 생겼는지 알아?"

"저야 모르죠."

"아무도 거기를 가려 하지 않아."

외인부대장의 솔직한 말에 유천이 호기심을 보였다.

거기라면 자신이 인연을 얻었던 곳이기에 이상한 증상에 대해 호기심이 생기는 건 사실이다.

"왜죠?"

외인부대장은 턱을 바짝 곤두세우곤 유천에게 설명했다.

"그곳이 가진 이점은 자네도 알고 있지?"

"그렇죠. 그쪽에 있으면 사방 10킬로미터는 훤히 볼 수 있죠."

그 점만은 인정했다. 그 진지를 점령하기만 한다면 10킬로미터 내에서 탈레반 반군이 접근하기란 상당히 어려웠다.

사방이 평지로 둘러싸여 있는 희한한 곳이었다. 만약 그쪽이 탈레반 반군의 수중에 들어간다면 거꾸로 이쪽 행동에 제약을 받을 수도 있었다.

그러나 이제는 딴 나라 이야기였다. 그런 쪽에 별로 관심이 있을 리 없었다. 다만 맞장구만 쳐줄 뿐이다.

외인부대장은 슬며시 얘기를 꺼냈다.

"덕분에 웃기게도 그 진지는 비어 있네."

"아무도 없다니요?"

고개를 갸웃거리는 유천에게 외인부대장이 말했다.

"그래서 자네가 가는 걸 반대하는 걸세."

"자세히 말씀해 보시죠."

따지고 드는 유천의 말에 외인부대장이 몇 번 말을 돌렸으나 결국 두 손을 들었다.

"원인 모를 병에 시름시름 앓다가 죽은 병사만 벌써 여섯 명이야. 병원에서 정신 이상으로 입원해 있는 병사도 열 명이고."

유천은 그 말을 들으면서도 이상하게 심장 하나 떨리지 않았다. 다만 왠지 모를 직감이 들었다.

"그럼 전에 저랑 같이 싸웠던 외인부대원도 당했습니까?"

"그랬지. 그들 중에서 둘이 죽었어. 더 이상 무의미한 희생을 치르기 싫네. 미스터리해. 거기서 이틀 밤만 있으면 다들 쓰러져 나오니 환장할 일이지."

"흠."

유천이 눈을 번뜩이자 외인부대장이 슬며시 물었다.

"얼마 전 자네에 대한 보고를 받았네. 자네가 그 진지를 점령하고 기절했다가 깬 후 이상하게 변했다는 이야기 말이야."

"그렇습니까?"

유천이 시치미를 뗐으나 외인부대장은 넘어가지 않았다.

"자네가 갔다 와서 전과 다른 모습을 보여줬다고 그러던데? 여기 증거가 있네."

내미는 서류를 쳐다보지도 않고 유천이 말했다.

"사람이 살다 보면 순간적으로 갑자기 좋아질 때가 있죠. 그때뿐이겠죠."

"글쎄."

외인부대장이 못 믿겠단 투로 말했으나 유천은 아랑곳하지 않았다.

"탈레반 반군 쪽은요?"

유천이 역으로 묻자 외인부대장이 고개를 끄덕였다.

"그쪽도 정확한 피해는 모르지만 비슷한 정도의 피해를 봤을 거야. 덕분에 서로 그쪽을 가지 않으려 해서 완전히 텅 빈 진지가 됐지."

아쉬움이 가득한 외인부대장의 표정에 유천이 내심 웃었다.

'거기만 점령한다면 전투가 편하니까 당연하지.'

그러나 겉으로는 내색하지 않고 유천이 말했다.

"탈레반 쪽에서 오지 않을까요?"

공연히 다시 총 들고 사람에게 겨누는 짓은 그다지 내키지 않았다. 탈레반 반군은 자신과 아무런 상관도 없었다.

전에는 월급을 받아 움직였지만 지금은 전혀 다른 문제였다.

'아프가니스탄이 뒤집어지든 말든 나랑 무슨 상관이야.'

자신은 한국에서 성공하는 것이 더욱 급했다. 외인부대장은 그런 유천의 마음을 꿰뚫어 보듯 말했다.

"그쪽에서도 피하지."

외인부대장의 계획을 듣곤 잠시 고민에 빠진 유천의 얼굴이 심각해졌다.

'가, 말아?'

거기서 문제가 생겼다면 분명히 자신의 인연과 연관이 있다는 생각이 들었다.

그 말을 듣는 순간 유천은 묘한 흡입력, 아니, 감정의 변화를 느낄 수 있었다.

꼭 그곳에 가지 않으면 안 된다는 생각이 머릿속에 가득 찼다. 점점 더 생각은 폭을 넓혀 뇌를 다 뒤엎을 듯이 그 단어 한마디에 집중했다.

'죽진 않을 것 같은데.'

그 생각이 들자 유천은 전략을 바꿨다. 자신의 마음을 완전히 감춘 채 외인부대장에게 말했다.

"머리 아프군요."

"어때, 그래도 가겠나?"

외인부대장이 은근히 제의하자 유천이 살짝 몸을 비틀었다.

"그 진지를 외인부대가 접수하면 좋겠군요."

"어려우니 골치가 아파."

"이제 이야기가 달라지네요. 위험한 일이니까 수당이 좀 많아야겠군요."

"무슨 이야긴가?"

외인부대장의 눈이 커졌다. 유천이 처음과 달리 꼬투리를 잡자 회심의 미소를 지으며 말했다.

"그 진지, 챙겨주지요. 대신 대가는 주셔야 합니다."

"허."

기막혀하는 외인부대장 목소리에는 관심도 없었다.

"삼십만 달러."

"그건 좀……."

외인부대장이 난감한 표정을 짓자 유천이 자리에서 일어섰다.

"그럼 없던 일로 하고 구경만 하고 오죠."

"그게……."

외인부대장이 난감한 얼굴로 변했다.

잠깐 고민했지만 결론은 간단했다.

삼십만 달러보다는 그 진지가 더 중요했다.

"좋네. 삼십만 달러 주지."

"계약금 같은 건 필요 없습니다. 일단 일시불로 지급해 주십시오. 확인되는 대로 아프가니스탄으로 떠나겠습니다."

"좋아, 바로 입금시키도록 하지. 그럼 오늘 내로 떠날 수 있나?"

외인부대장이 역공에 나서자 유천이 빙그레 웃었다.

"빨리 끝내고 돌아가야죠."

"좋네. 그리고 임무에 성공한다면 또 하나의 보너스가 있어."

"뭡니까?"

"나중에 알게 될 걸세."

"나중 일이라니 일단은 생각하지 않겠습니다. 그럼."

다시 손을 내밀자 떨떠름한 표정으로 손을 잡는 외인부대장이다.

"자네, 협상도 잘하는군."

"목숨 걸고 살다 보면 이런 일도 해야 될 거 아닙니까? 목숨 값이라고 해두죠."

"하하! 그렇게 생각한단 말이지? 좋아."

두 남자의 손이 굳게 잡혔다.


다시 돌아 나온 유천의 앞에 외인부대원 한 명이 섰다.

"이쪽으로 오시죠."

말없이 따라가자 부대 내에 있는 접견실이었다.

"여기 잠깐 앉아 계시면 바로 입금되는 대로 찾아오겠습니다."

끄덕.

말없이 고개를 끄덕였다. 이제 기다리는 일만이 남았다.

'나보고 오라는 건가?'

내심 중얼거리는 말에 더욱더 공명은 깊어져 갔다.

더불어 유천은 묘한 확신 같은 것을 느낄 수 있었다.

그곳에 간다 하더라도 자신은 이상할 것 같지 않은 느낌, 절대 죽지 않을 것 같은 확신 같은 느낌이다.

유천이 화들짝 놀라 스스로를 다스렸다.

"까불다 죽은 인간 많지."

다시 한 번 냉정하게 생각해 보려 했으나 가고 싶은 충동마저 억제하긴 힘들었다.

"능력이야 많으면 좋지."

약속한 돈만 제대로 받는다면 한국에서 다시 재기하는 것은 어렵지 않았다.

그러나 한국에서 습격당했던 기억이 떠오르지 마음이 달라졌다.

강해져야 했다.

밝은 미래를 위한 순간의 모험 정도는 충분히 감수할 배짱도 있었다.

생각하는 사이 남자가 다가섰다.

"입금됐습니다. 확인해 보세요."

"잠시만요."

말 한마디로 모든 것을 넘어갈 유천이 아니기에 휴대폰을 들었다. 천천히 버튼을 누르던 유천의 입가에 엷은 미소가 퍼졌다.

"확인했습니다. 가시죠."

"바로 가실 겁니까?"

"비행기만 있다면."

유천이 싱글거리자 남자가 눈빛을 빛냈다.

"안 그래도 지금 수송기가 준비되어 있습니다."

"수송기요?"

깜짝 놀란 유천에게 남자가 천천히 설명했다.

"아프가니스탄으로 지원 병력이 가는 수송기가 있거든요. 그걸 타고 가시면 됩니다."

"잠시만 기다리십시오."

유천은 곧바로 외인부대장을 찾아갔다.

"무슨 일인가?"

외인부대장의 조금은 반갑지 않은 목소리였지만 개의치 않았다.

"감사합니다. 그럼 건강히 계십시오."

"수고하게."

"다시 볼 일이 있을까 모르겠습니다만."

싱긋 웃으며 유천이 돌아서자 외인부대장의 목소리가 뒤통수를 때렸다.

"인생 모르는 거 아닌가?"

대답 없이 깨끗이 무시했다.

'그건 네 생각이고.'

유천은 두 번 다시 외인부대로 돌아가고 싶은 생각이 없었다.

여기에서는 사람은 소모품일 뿐, 감정을 가진 인간으로 취급하지 않았다.

"큰절을 해도 안 와."

다시 한 번 자신에게 다짐하며 천천히 걸어 나왔다.

이젠 수송기를 탈 시간이었다.


이틀 후.

장거리 수송기를 타고 다시 장갑차로 먼 길을 돌아 도착한 곳은 눈에 아주 익은 지형이었다. 순간 감회가 새로웠다.

여기가 그 개고생을 하던 아프가니스탄 전장이다.

"여기서 총 쏠 때가 엊그제 같은데."

세월은 생각보다 훨씬 빨랐다.

뚜벅뚜벅.

천천히 걸어 진지에 들어서자 군데군데 외인부대원들이
보였다. 낯익은 얼굴은 하나도 보이지 않고 대부분 낯설었다.

"다들 떠났나?"

아니면 부대 전체가 교체된 걸지도 몰랐다.

차라리 편한 일이었다. 괜히 같이 근무했던 사람을 만난다
면 골치 아픈 일만 발생할 뿐이다.

여러 가지로 얽히는 게 귀찮은 유천의 입장에서는 홀가분
했다.

막사에서 나온 외인부대 소대장 계급을 단 남자가 다가섰
다. 소대장은 바로 인솔해 온 부하에게 물었다.

"이분인가?"

"그렇습니다."

그는 부하의 대답을 듣는 둥 마는 둥 하며 유천에게 시선을
돌렸다.

"반갑소. 여기 근무했다고 들었는데."

"그때나 지금이나 똑같군요."

"그때는 어땠습니까?"

"겁나게 힘들었죠."

한마디로 묵살해 버렸다. 공연히 이것저것 따지고 드는 소
리도 듣기 귀찮았다. 소대장도 그런 눈치를 챘는지 손가락으
로 한쪽을 가리켰다.

"저쪽입니다."

"하나 묻죠? 여기서 싸우던 부대원들은 어디 갔습니까?"

"다른 작전에 투입됐습니다. 지금 아프가니스탄엔 없죠."

더 궁금해할 이유도 없었거니와 군사기밀을 묻는다고 답해줄 것도 아니다.

어차피 차로 이동할 거리는 아니었다. 울퉁불퉁한 바위가 가득한 지형이라 지프차 할아버지도 갈 곳은 못 됐다.

그렇다고 맨몸으로 갈 유천이 아니었다.

"총 하나 주쇼."

"쓰시던 총이?"

"기관총이요."

"무거우실 텐데요."

"그건 제 사정이죠."

기왕이면 무거워도 마구 갈길 수 있는 기관총이 좋았다. 신체가 좋아진 이후 기관총 정도의 무게는 가뿐했기에 한껏 호기를 부렸다.

소대장에게 기관총 한 자루와 탄 박스 두 통, 그리고 수류탄 두 개를 받은 유천은 망설임없이 걸음을 옮겼다. 뒤에서 소대장의 목소리가 들렸다.

"여태껏 무사한 사람이 없어요. 몸조심해요."

"걱정해 주셔서 고맙습니다."

손을 흔들어 답례한 후 유천은 걸었다. 그런데 점점 다가설수록 묘한 당김은 더 강해졌다.

"오라는 거야? 뭐지?"

아직은 알 수가 없었다. 들어가 봐야 알 수 있는 일이다.


유천은 걷던 중 멀리서 탈레반 반군들이 자신을 망원경으로 보고 있다는 느낌을 받았다.

시선을 돌려 망원경으로 바라보자 망원경 렌즈 속에서 서로의 시선이 마주치는 기분이 들었다. 그러나 탈레반 반군은 당연히 어떠한 총격도 가하지 않았다.

"후후."

저들의 속셈을 한눈에 알아챌 수 있었다. 보나마나 이 진지에서 쓰러져 죽거나 기어서 가는 꼴을 보고 싶음이 분명했다.

"누구 마음대로?"

유천은 싱긋 웃었다. 적들이 사격을 안 하는 걸 확신하자 마음도 편했다.

유천은 천천히 걸어서 진지 안으로 들어섰다. 들어서자마자 무거운 느낌이 전신을 감아 도는 기분에 섬뜩하기까지 했다.

"떨떠름하네."

유천은 망설이지 않고 곧장 동굴 안으로 걸어갔다.

저벅저벅.

채 1분도 지나지 않아 그가 도착한 곳은 전에 인연을 만났던 곳이다. 더욱더 당김이 강해지며 느낌이 묘해져 갔다.

사방을 훑어봤으나 아무것도 보이지 않았다.

"그때도 아무것도 없었는데."

예리한 시선으로 꼼꼼히 살펴봤지만 아무것도 찾아낼 수 없자 돌로 된 의자에 털썩 주저앉았다.

"시간 많은데, 뭐."

찾아내고 안 찾아내고는 중요하지 않았다. 삼 일만 버티면 삼십만 불이라는 거금이 들어올 판이다.

그런데 무엇을 더 바라겠는가?

이런저런 생각을 하다 보니 시간은 훌쩍 지나갔다. 저녁이 되자 유천은 느긋한 마음으로 총을 옆에 놓고 침낭을 펼쳤다.

"오랜만에 노숙하네."

유천은 누워서 천천히 천장을 바라봤다. 울퉁불퉁한 돌이 보였고, 주위는 어둠이 짙었지만 두려움은 없었다.

"이 짓 한두 번 하냐?"

유천은 스르르 잠이 들었다.

다음 날 일어난 유천은 뻑적지근한 몸을 비틀었다.

"간만에 하니까 힘든가?"

온몸이 마치 물을 먹은 스펀지처럼 무겁기 그지없었다.

"왜 이러지?"

정상적이지 않은 상태에 유천이 살짝 긴장했다.

"뭔가 있어."

유천은 사방을 예리하게 훑어봤다. 만약 자신을 이렇게 만든 것이 있다면 찾아볼 생각이다. 그러나 아무것도 눈에 띄지 않았다.

"있긴 있는데."

하룻밤은 지났지만 앞으로 이틀 밤이다.

긴장의 끈을 바짝 당긴 유천은 여기저기 훑어보고는 시선을 돌렸다.

그 순간 유천은 마치 손으로 끌어당기는 듯한 느낌에 절로 자리에서 벌떡 일어섰다.

뚜벅뚜벅.

한쪽 벽으로 다가가자 손이 절로 벽으로 가는 것이 아닌가? 자신도 모르게 무의식적으로 한 행동이었다.

유천은 순간적으로 정색하고 손을 뗐다. 유천은 아주 세심한 시선으로 사방을 훑어봤지만 아무 흔적도 보이지 않았다.

"혹시?"

한 가지 생각이 떠오르자 유천은 개머리판으로 벽을 툭툭 쳐봤다.

텅! 텅!

분명히 다른 소리가 손을 댄 곳에서 들렸다.

"뒤가 비어 있어."

중얼거린 유천은 망설이지 않고 군용 배낭에서 꺼낸 야전 삽으로 내려쳐 봤다.

쟁쟁!

워낙 단단한 암벽이라 꿈쩍도 하지 않았다.

"해머가 있는 것도 아니고."

잠시 생각하던 유천은 독하게 마음먹었다. 곧바로 배낭에 있는 검은 테이프를 가져와 거기에 수류탄을 곱게 끼워 넣었다.

그리고 안전핀을 빼자마자 냅다 밖으로 뛰쳐나갔다.

쾅!

폭음이 들리며 먼지가 문 쪽으로 쏟아져 나왔다.

"쿨럭!"

잠시 뒤로 물러서서 지켜보는 유천이다. 이내 먼지가 가라앉자 다시 석실 안으로 들어섰다. 먼지가 조용히 내려앉은 벽에 구멍이 뻥 뚫려 있다.

"역시 수류탄이 제일이군."

다가서서 보자 생각대로 벽 뒤로 커다란 공간이 보였다.

스윽.

사람 하나가 너끈히 들어가는 구멍으로 들어가 여기저기 살펴보자 사람이 만든 인공적인 석함이 보인다.

"끙차! 무겁긴 되게 무겁네."

간신히 들어 밖으로 나왔다. 석함은 원래 자물쇠로 채워 있었는데 수류탄 폭발의 충격에 날아가 버린 듯했다.

이번 석함은 크기 자체가 전과는 비교할 수 없이 컸다.

그전의 석함에 비해서 무려 다섯 배 이상 커 보이는 상당한
크기였다.

"푸."

유천은 길게 심호흡을 하고 천천히 석함을 열었다.

자물쇠는 이미 부서져 있어 열기에 아무런 힘도 들지 않았
다.

잔뜩 긴장한 채 열었지만 아무런 반응이 없었다.

"왜 빛 같은 게 쏟아지지 않지?"

유천은 고개를 갸웃거리다 안을 바라보는 순간 얼어붙었
다.

한쪽으로 낡은 책이 보였다. 그러나 유천의 시선을 잡아 끈
것은 텅 빈 반대쪽이었다.

반대쪽에 선명하게 손가락 문양이 파여 있었다.

바보가 아닌 이상 유천은 석함을 만든 이의 뜻을 이해할 수
있었다.

"설마 해야 끼치겠어?"

번쩍.

순간 눈이 멀어버릴 듯한 빛이 쏟아지는 기분이다.

"큭!"

빛줄기는 바로 손을 타고 전신으로 파고들었다.

부르르.

마치 전기 충격을 받은 듯 온몸이 부르르 떨렸다.

"세상에!"

몇 번씩이나 몸을 바르르 떨던 유천은 마침내 몸을 정지시키며 눈을 번쩍 떴다.

"그랬나?"

정확히 알진 못해도 느낌이 왔다.

꿈에서 봤던 최강의 노인.

그가 석함에 있었고, 그 힘이 자신에게 왔단 사실을 깨달았다.

부르르.

절로 오한이 들었다.

유천은 금방 깨달았다.

이것은 자신이 알지 못한 다른 파편이었다. 그렇다면 자세한 건 몰라도 사람들이 여기 와서 힘들었던 이유가 어느 정도 짐작이 갔다.

균형이 무너져 사람들의 몸을 갉아먹었음이 분명했다.

고개를 갸웃거렸으나 누구도 대답해 줄 사람은 없었다.

사실 유천의 추측은 정확했다.

전에 유천이 얻은 인연은 불완전했다.

정확한 내막을 알진 못했지만 일단 나쁘지는 않았다.

더욱 다행인 건 약간 불균형했던 몸이 어딘가 정상을 찾으며 몸이 점점 활기찬 느낌이 들었다.

그 직후,

쩡!

유천의 머릿속으로 수많은 지식이 쏟아져 들어오기 시작했다.

"그랬구나."

유천은 자신이 가진 능력이 어떤 힘을 가졌는지 하나둘씩 깨닫기 시작했다.

인간으로선 상상할 수 없는 신체 능력, 그리고 두뇌 능력, 더불어 또 하나가 있었다.

"아, 이건……!"

유천은 자신이 가진 능력을 보고 스스로 놀라고 말았다. 너무나 놀라 말하기도 두려울 정도이다.

무섭다.

실로 어마어마한 비밀이 숨겨져 있었다.

생각하는 사이 사용할 수 있는 수법들이 머릿속에 낱낱이 기억되기 시작했다.

전에 그토록 애써도 써먹지 못하던 것이 지금은 수월하게 술술 들어오는 기분이다.

즐거운 시간이다.

얼마나 시간이 지났는지 관심조차 없이 끝없이 수련에 수련을 거듭했다. 그렇게 꼬박 하루를 유천은 손바닥을 댄 채 능력을 흡수했다.

"음!"

문득 정신을 차린 유천은 자신도 모르게 뒤로 물러섰다.

"어마어마하다."

벅찬 기쁨이 가슴으로부터 머리까지 치밀어 오르는 느낌이다.

자신이 얼마나 큰 행운을 잡았는지 다시 한 번 심각하게 깨달았다.

유천은 반사적으로 맞은편에 있는 책을 바라봤다.

"이게 그때 그 아홉 싸가지 없는 놈들의 최후의 능력이란 말이지?"

유천은 책을 뚫어져라 노려봤다.

그러나 유천은 고개를 절레절레 흔들었다.

유감스럽게도 마지막 책 속에 있는 내용은 자신과 인연이 없었다.

각자 철저히 다른 수련 과정을 거친 터라 자신이 얻으려면 수많은 세월이 필요했다. 또한 수련한다손 치더라도 얻을 수 있을지도 미지수였다.

"지워 버려."

유천은 바로 책을 덥석 꺼내 들고 아무런 미련 없이 라이터로 불을 붙였다.

활활!

순식간에 불길에 휩싸인 책이 거센 화염을 뿜어냈다. 그 모습을 흐뭇하게 바라보던 유천은 연신 싱글거렸다.

"그래, 흔적도 없이 사라져라."

자신이 갖지 못해 남 주기도 싫었다.

어쩌면 인간의 당연한 욕망일지도 모른다. 책을 깨끗이 태
워 버린 유천은 석함 안을 바라보는 순간 고개를 갸웃거렸다.

"저런 뭐지?"

낡다 못해 금방이라도 먼지로 변할 듯한 양피지에 수많은
글자가 적혀 있다. 유천이 하나도 알아보지 못하는 희한한 고
대문자였다.

그러나 유천은 순간적으로 뇌리를 관통하는 한 가지를 느
꼈다.

"뭔가 있어."

자신에게 전해준 마지막 말을 문자로 남겼음이 분명했다.

"그냥 해주지, 골치 아프게 이렇게 남기고그래."

유천은 쓸데없는 투정을 부렸지만 이내 깨끗하게 머리를
비웠다.

"나중에 알아보면 되지, 뭐."

아직 자신은 모르지만 고대문자라면 분명히 어딘가에서
해독할 수 있을 거라는 생각이 들었다. 무엇보다 자신이 얻은
능력을 생각하니 웃음이 절로 나왔다.

"푸하하하!"

모든 것을 얻은 유천은 다시 한 번 주먹을 불끈 쥐고 벽을
내질렀다.

퍼벅!

주먹에서 묘한 기류가 흘러나가 벽을 강타하자 돌가루가
튀고 먼지가 휘날렸다.

"오!"

지금 이 정도인데 더욱더 수련한다면 얼마나 큰 위력을 가
질지는 상상하기 힘들었다.

"멋지네."

자신이 이런 능력을 가졌다는 것 자체가 기쁜 일이다.

하지만 유천은 다음 순간 얼굴을 굳혔다.

"처음엔 아홉이 있었단 말이지?"

얼마나 지금까지 남아 있을지는 유천도 알지 못했다. 하지
만 남아 있다면 깨끗이 지워 버리고 싶은 마음이다.

"나 외에는 필요 없어."

이런 능력을 가진 자들을 모조리 제거할 마음을 굳혔다.

짧은 시간 내에 놀라운 일을 겪은 유천은 순간적으로 몸을
벽에 기댔다.

"끝났나?"

아직은 일이 남았다. 이 석함을 사람들이 본다면?

완벽한 증거 인멸이 우선이다.

"제길."

다시 한 번 마지막 남은 수류탄 안전핀을 빼고 방 밖으로
뛰어나갔다.

쾅!

또 한 번 폭음이 들리며 석실이 진동했다.

"깔끔하겠지?"

들어가 보니 수류탄의 폭발로 석함은 산산조각이 나 사라지고 없었다. 만족스런 얼굴로 유천은 조용히 무전기를 들었다.

칙칙.

처음에는 심한 잡음이 들리더니만 목소리가 들렸다.

─소대장입니다. 무슨 일이죠?

자기 부하가 아닌지라 존댓말을 쓴다. 유천은 그의 예우에 똑같이 화답해줬다.

"아닙니다. 뭐 귀찮은 게 있어서 수류탄 두 개를 터뜨렸을 뿐입니다."

─괜찮습니까?

"아무 이상 없습니다."

─몸은 어떠십니까?

걱정스런 소대장의 말에 유천은 태연하게 대답했다.

"좀 찌뿌듯한데 나아질 것 같습니다."

─몸조심하십시오.

소대장의 목소리에 걱정이 스며 나온다. 여기서 하루를 보내고 이틀째 가는 상황에서 무사한 사람이 없었다.

"그럼 나중에 다시 연락하죠."

귀찮아진 유천은 얼른 무전을 끊었다.

사실 수류탄을 터뜨린 후 아무런 무전 연락이 없으면 저쪽에서 이상하게 생각할 게 분명했다.

"심심한데 정찰이나 해볼까?"

여유롭게 총을 들고 올라간 유천이 망원경을 들고 탈레반 반군 쪽을 쳐다봤다.

반군 쪽에서도 부산한 움직임을 보였으나 이쪽으로 오는 사람은 아무도 없었다.

"공포스럽겠지."

유천이 씩 웃으며 다시 동굴로 내려섰다. 이미 입구 쪽에는 부비트랩을 설치해 놓아 아무나 함부로 들어오긴 어려웠다.

"짬밥 수가 있지."

외인부대 시절 잠이라도 편하게 자려면 필수적인 일이었다.

"이제 한국 일을 생각해 볼까?"

한국에 돌아가서 할 일에 대해서 차곡차곡 볼펜을 들고 수첩에 메모하는 유천의 얼굴이 밝았다.

목돈이 생겼기에 사업을 시작하는 건 일도 아니었다.

그로부터 이틀이 지났다.

점점 더 몸이 개운해진 유천은 확신을 가지고 다시 무전기를 들었다.

"다들 이리로 오시죠."

─괜찮습니까?

"이제 아무 일 없을 겁니다."

자신만만한 유천의 말에 소대장이 미심쩍은 목소리로 말했다.

─정말입니까?

"와서 있어 보면 알 거 아닙니까? 이러다가 저쪽에서 먼저 오면 피 많이 흘려야 될 겁니다."

유천의 경고에 소대장이 화들짝 놀랐다. 만약 탈레반 반군이 먼저 차지한다면 자신의 어깨에 달린 계급장은 순식간에 날아갈지도 몰랐다.

─곧 소대원들과 함께 가겠습니다.

"기다리죠."

유천은 곧바로 올라가 탈레반 반군 쪽을 경계했다. 탈레반 반군 쪽은 다행히 아무런 움직임이 없었다.

"제발 얌전히 있어라."

다시 총질하고 싶은 마음은 추호도 없었다. 전에는 월급을 받고 일했지만 지금은 전혀 이쪽하고는 상관이 없었다.

자신을 공격한다면 반격이야 하겠지만 그러지 않길 바랄 뿐이다.

한 시간여가 흐르자 마침내 소대장과 외인부대원들이 조심스럽게 들어섰다.

"정말 괜찮으십니까?"

"아무 일 없어요. 전 돌아가겠습니다."

"무슨 이유였습니까?"

"때론 설명 못할 비밀도 있습니다. 해결됐으니 더 이상 궁금해하실 필요 없습니다."

유천의 말은 진심이다.

자신이 겪은 이야기를 한다면 미친 사람 취급당하기 십상이다. 그런 결과를 뻔히 알면서 할 이유가 없었다.

"아니, 하룻밤이라도 같이 있으면."

소대장이 미심쩍은 목소리로 말했지만 유천은 고개를 저었다.

"할 일 다 했으니 돌아가야죠. 자, 행운을 빕니다."

"그게……"

"눈먼 총알 조심하세요."

유천은 마지막 경고를 남기고 슬쩍 웃으며 기지 쪽으로 향했다. 소대장은 마땅히 잡을 근거가 없어 뒤를 바라볼 뿐이다.

"돌아가자. 한국으로."

유천은 휘파람을 불며 진지 쪽으로 향했다.

바로 그 순간, 유천이 이마를 가볍게 찌푸렸다.

멀리서 자신을 관찰하는 이질적인 기운을 감지한 탓이다.

태연히 걸었지만 유천의 감각은 극도로 날카로워진 상태

이다.

'틀림없어.'

평범한 기운이 아니었다.

자신을 습격한 바로 그 느낌이었다. 그러나 거리가 너무 멀어 자세한 위치까진 무리였다.

멀다는 건 아직 나타날 때가 아니란 의미를 눈치챈 유천의 입가에 서늘한 미소가 걸렸다.

"언제든지 오라고."


다음 날 오후.

인천 공항에 모습을 드러낸 유천이 성큼성큼 걸음을 옮겼다.

막 입국장을 벗어나려는 순간 귀에 익숙한 목소리가 들렸다.

"형님!"

"유천아!"

순간 유천은 살짝 놀란 듯한 눈빛이 보였다.

이주봉은 사전에 연락했기에 나오는 게 당연했다. 그러나 김진수는 달랐다.

시선을 돌린 유천이 김진수를 쳐다봤다.

"너 어쩐 일이냐?"

"유천아. 나 좀 살려줘."

두려움에 잔뜩 질린 얼굴이었다.

뭔가 생각난 듯 이마에서는 진땀을 흘리고 있었고, 온 몸이 살짝 떨림을 느꼈다.

"무슨 일이야?"

유천의 말에 김진수가 와락 손을 잡았다.

"좀 도와주라. 부탁이야."

『한국호랑이』 3권에 계속…

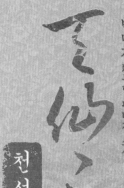

FUSION FANTASTIC STORY

월문선 장편 소설

# 화려한 귀환

머나먼 이계의 끝에서
다시 돌아온 남자의 귀환기!

『화려한 귀환』

장점이라고는 없던 열등생으로 태어나,
학교에서 당하는 괴롭힘을 버티지 못하고
자살이라는 극단적인 선택을 하게 된 남자, 현성.

"돌아왔다…… 원래의 세계로!"

이계에서 죽음을 맞이하게 된 현성은
자신을 죽음으로 내몰았던 현실 세계로 돌아오게 된다!

고된 아픔들, 그리웠던 기억들.
모든 것을 되살리며 이제 다시 태어나리라!

좌절을 딛고 일어나 다시 돌아온
한 남자의 화려한 이야기!
이보다 더 '화려한 귀환'은 없다!

Book Publishing CHUNGEORAM